우리의 버전으로 만나

범유진 장편소설

이지북
EZbook

차례

하마이

“엑스트라로 살고 싶습니다.”

38호가 그렇게 말한 순간, 게임 내 ‘38호’ 키워드의 부정적 수치를 나타내는 그래프가 급상승했다. 동시에 내 혈압도 치솟았다.

‘장난해? 데뷔 파티 티켓 사느라 얼마나 힘들었는데!’

당장 리얼 월드에 접속해서 38호를 다그치고 싶었다. 못할 것도 없었다. 인턴 계정으로 로그인하려면 아이디에 지문에 홍채 인식까지 삼중 체크를 해야 하지만 그쯤이야 가뿐했다. 게다가 지금 나는 영상 표시용 렌즈를 낀 상태였다. 그럼에도 태블릿 피시의 화면만 바라볼 수밖에 없는 건, 지금이 세계사 수업 중이며 선생님이 십여 분 전부터 내 쪽을 노려보고 있었기 때문이다.

데뷔 파티가 저녁으로 잡혔다면 이런 문제는 없었을 것이다. 하지만 간신히 티켓을 살 점수를 모았을 때는 인기 높은 시간대가 이미 모두 판매된 뒤였다. 나는 손톱 끝을 자근자근 물어뜯으며 유저들의 반응을 살폈다. 긍정적인 피드백은 하나도 없었다.

—안 그래도 엑스트라 같은 게 뭔 헛소리야.

—재 매니저가 멱살 잡고 끌고 온 거 아님? 주제에 엑스트라로 살고 싶다네.

—데뷔 파티 무사 종료 못 한 거지, 저거? 38호 다시 데뷔 파티 티켓 사기엔 점수 부족할 텐데.

—38호 매니저 망했네.

망하다니, 그럴 수는 없다. 2년 전 내가 고등학교는 한국에서 다니겠다고 하자 엄마는 조건을 내걸었다. 2학년 여름방학 전까지 반드시 한국에 있어야 할 이유를 대지 못하면 스웨덴으로 돌아와 대학 진학을 준비할 것. 아마도 엄마는 내가 한국에 가려는 진짜 이유를 눈치챘을 것이다. 한국에서 고등학교를 다녀 보고 싶다는 핑계를 곧이곧대로 받아들이기에는 나와 엄마 사이에 쌓인 싸움의 역사가 길고도 깊었다. 그렇기에 엄마는 오히려 내 한국행을 허락할 수밖에 없었다. 거듭된 싸움으로, 마음먹으면 어떻게든 하고야 마는 내 성격을 가장 잘 아는 사람이 엄마였으니까.

문제는 엄마도 나와 성격이 똑같다는 것이다. 그러니 이 프로젝트를 성공시켜 한국에 남을 구실을 만들어야만 했다. 나는 아직 찾아야 할 것을 찾지 못했다.

*

리얼 컴퍼니의 인턴십 공모를 봤을 때, 나는 환호성을 질렀다.

당신의 배우를 데뷔시키세요.

리얼 컴퍼니 '스쿨 토너먼트 인턴십' 공모

◦ 리얼 월드의 매니저가 되어 액터를 데뷔시키는 토너먼트에 도전해 보십시오.

◦ 전 세계의 지원자와 경쟁해 데뷔 파티를 개최할 경우 리얼 컴퍼니의 인턴 채용 기회가 제공됩니다. 또한 가장 높은 점수를 획득한 1등은 인턴 과정 수료로 인정, 성년이 된 후 정규직 입사 자격을 얻게 됩니다.

◦ 액터는 현재 리얼 월드 내 인기도 100위권 밖에서 무작위

배정됩니다.

◦ 액터의 인기도, 과제 성실도로 지원자의 점수를 책정하며 지원자는 점수를 골드로 교환해 데뷔 파티 티켓을 구입할 수 있습니다. 티켓 구입은 중복으로 가능합니다.

◦ 토너먼트에서 선발된 액터는 기존의 선발식과 동일한 절차를 거쳐 데뷔합니다.

리얼 컴퍼니는 글로벌 브랜드 평판 250위 기업이다. 레드 오션이던 버추얼 게임에 프로듀싱 시스템을 적용해 대박이 난 스타트업계의 전설이자 액터를 활용한 소설화 기획 게임 리얼 월드로 유물이 되어 버린 종이책 시장을 되살려 출판계의 빛과 소금이 된 회사다.

하지만 리얼 컴퍼니가 처음부터 이런 화려한 수식어를 가졌던 건 아니다. 리얼 월드를 처음 선보였을 때는 아무도 주목하지 않았다. 게다가 머리 전체에 뒤집어써야 했던 HMD(휴대용 영상 표시장치)가 어디서든 휴대가 가능한 작은 안경으로, 안구에 직접 착용하는 렌즈로 바뀌는 동안 혁신의 아이콘이었던 버추얼 게임은 식상의 대명사가 된 지 오래였다. 그나마 리얼 컴퍼니가 새롭다고 평가받은 부분은 프로듀싱 시스템이었다. 리얼 월드에는 고유 번호로 불리는 버추얼 휴먼인 액터가 있는데, 유저가 커뮤니케이션 티켓을 구입해 액터와 상호작용을 하면 그 데이터를 기반으로 액터의 개성이 정해지는 시스템이다. 딥 러닝 과정의 일부를 유저에게 위임한 셈이다.

오픈 초반까지 일부 유저들만 이용했던 프로듀싱 시스템이 리얼 월드에 새로운 바람을 불고 온 건 '민트초코 전쟁'이라 불리는 한 사건 덕분이었다. '민초러버'라는 유저가 액터 1호의 티켓을 정기적으로 구입했다. 그가 1호의 티켓을 사는 이유는 오직 하나, 민트초코 예찬론을 펼치기 위해서였다. 그는 민트초코 예찬론을 펼치는 것으로 스트레스를 푸는 버릇이 있었는데 주변 사람 누구도 그에 어울려주지 않았다. 민초러버의 영향으로 1호는 "민트초코 맛있어."를 고정 대사처럼 말하는 버추얼 휴먼이 되었다. 그러던 어느 날, 민초러버에게 청천벽력 같은 일이 벌어졌다. 1호가 "민트초코는 극혐이야."라는 말을 한 것이다. 1호를 변하게 한 게 무엇인지 민초러버는 추적에 나섰다. 그리고 또 다른 유저 '민초극혐'이 자신보다 더 많은 커뮤니케이션 티켓을 사서 1호의 개성을 바꾸어 버린 걸 알게 되었다.

그때부터 민초러버와 민초극혐의 전쟁이 시작되었다. 1호가 민트초코를 좋아하게 될 것인가 싫어하게 될 것인가를 결정하는 처절한 싸움이었다. 그건 곧 전 세계 민초파와 반민초파의 전쟁이기도 했다. 양쪽 진영은 더 많은 커뮤니케이션 티켓을 사서 1호의 개성을 획득하고자 했다. 결국 업계 매출 순위 100위에도 들지 못했던 리얼 월드는 단숨에 그달 매출 순위 62위로 올라섰다. 모르긴 몰라도 리얼 컴퍼니의 홍보 담당자는 할렐루야를 외쳤을 것이다. 돈 한 푼 쓰지 않았는데 이런 홍보 효과라니.

할렐루야를 외치는 것에서 상황을 마무리하지 않았다는 점에서 리얼 컴퍼니 직원들은 유능했다. 그들은 그때부터 액터의 개성을 정하는 투표를 실시하고 그 결과를 바탕으로 게임 내에서 '제작 발표회'를 진행한다고 밝혔다. 제작 발표회에서 주인공으로 선발된 액터의 데이터를 기반으로 인공지능이 소설을 출력하고, 소설의 티저 영상이 리얼 월드 공식 사이트를 통해 공개되는 방식이었다. 그렇게 작품이 출판되면 선발된 액터는 리얼 엔터테인먼트를 졸업했다는 설정으로 게임 내에서 사라졌고 또 다른 액터가 리얼 월드에 새로 등장했다.

자신과의 커뮤니케이션으로 개성을 획득한 버추얼 휴먼이 소설의 주인공이 된다는 것은 곧 자신이 소설의 주인공이 되는 것과 같은 환상을 유저에게 심어 주었다. 제작 발표회는 곧 팬덤 대결로 번지기 시작했다. 이 팬덤 대결이 얼마나 어마어마했냐면, 첫 제작 발표회의 데뷔 후보였던 1호와 6호의 데뷔 파티 티켓이 총 40만 장이나 팔릴 정도였다.

여기까지가 내가 벼락치기로 공부한 리얼 컴퍼니의 역사다. 고백하자면 공모를 보기 전까지 나는 리얼 월드나 리얼 컴퍼니에 관심이 없었다. 버추얼 배우나 아이돌에 흥미도 없고, 영상 표시용 렌즈를 끼고 있으면 두통이 생겨서 버추얼 게임도 거의 하지 않았으니까. 다시 말해 나는 스쿨 토너먼트에 참여한 사람들에 비해 턱없이 정보가 부족한 상태에서 시작했다. 처음 인턴 회의에 참석했을 때는 버추얼 게임에서 통용되는 단어를 알아들을 수가 없어서 한숨만 쉬었다. 그만둘까 하는 생각을 몇 번이고 했다.

그럼에도 그만두지 않은 이유는 단 하나였다. 글로벌 기업의 인턴으로 우선 채용될 자격을 얻었다고 하면 아무리 엄마라도 나를 스웨덴으로 끌고 가지는 못할 것이다. 그러려면 1등은 못하더라도 데뷔 파티만은 개최해야 했다.

문제는 내가 배정받은 액터가 38호였다는 것이다.

"하마이, 어디 가?"

수업이 끝나고 부랴부랴 교실을 나서자 수진이 내 뒤를 따라왔다.

"데뷔 파티 완전 망쳤어. 아까 수업 중이라 못 봤지?"

"봤어. 게임 접속은 못 했지만 커뮤니티에서 라이브로 방송 송출해 준 사람이 있었거든."

내 단짝인 수진은 리얼 월드 마니아다. 커뮤니티 활동도 활발히 하는지라 유저들의 반응을 빠르게 찾아내 내게 알려 주고는 했다.

"그 엉망진창인 파티가 커뮤니티에 퍼졌다고? 그럼 그 발언도?"

"응, 커뮤니티 난리 났어. 지금 접속하게?"

나는 운동장 벤치에 앉아 태블릿 피시를 켰다. 관리자 모드로 접속해 아이디를 입력하고, 렌즈를 작동했다. 관리자 아이디라고 해도 인턴용 임시 계정이라 38호에 대한 미디어 송출권을 부여받은 것뿐 다른 권한은 없었다. 스쿨 토너먼트 동안 매니저와 액터의 만남은 게임 내 광장에 설치된 모니터로 실시간 송출되도록 규정되어 있었다. 스쿨 토너먼트가 일종의 리얼리티 쇼로 유저에게 제공되는 셈이었다.

게임 접속과 동시에 나는 곧 리얼 월드 안의 또 다른 내가 되었다. 쫑긋하게 솟아오른 귀에 툭 튀어나온 주둥이. 몸은 사람의 것이지만 얼굴은 여우인 모습이었다. 규칙상 스쿨 토너먼트에 참여한 사람은 인간형 아바타를 사용할 수 없다. 매니저의 외향이 심사에 영향을 줄 수 있기 때문이다. 몇 가지 동물형 아바타 중 내가 선택한 건 여우였다. 사막에서 어린 왕자가 오기를 기다리던 여우. 나는 옷매무새를 가다듬고 38호의 집과 연결된 포털 안으로 걸어 들어갔다.

'엑스트라로 남고 싶은 액터라니, 그게 말이 돼? 리얼 월드의 액터는 모두 주인공이 되는 게 기본 욕망으로 설정되어 있잖아. 혹시 버그인가?'

주인공이 있으면 엑스트라도 있기 마련이다. 제작 발표회에서 선발되지 않은 액터 중 몇몇은 소설의 엑스트라로 등장해 데이터를 제공하기도 한다. 주인공과 다른 점이라면, 엑스트라의 데이터는 회수되어 액터에게 추가 이식된다는 점이다. 소설 속의 세계는 주인공에게는 현실이 되지만, 엑스트라에게는 한 번 겪고 돌아오는 무대인 것이다.

도착을 알리는 신호음과 함께, 나는 38호가 있는 집의 문을 열었다.

*

"왜 그랬어요?"

나와 38호는 테이블을 사이에 두고 마주 앉았다. 나는 38호의 얼굴을 보자마자 한숨이 나오려는 것을 가까스로 참았다.

평범하다. 어떻게 저렇게 평범할 수가 있을까.

처음 38호를 배정받았을 때, 나는 38호를 디자인한 사람을 찾아내 정강이를 한 대 차 주고 싶었다. 대체 왜 버추얼 휴먼의 디자인 콘셉트를 '평범'으로 잡은 건지 알 수가 없었다. 이십 대 남성의 평균 데이터를 기반으로 만들어진 38호는 정말 눈에 띄지 않는 외모를 가지고 있었다. 사람들이 버추얼 휴먼에 열광하는 이유 중 하나로 빼어난 외모를 꼽는다는 걸 생각하면 38호는 애초에 다른 액터에 비해 낮은 경쟁력을 지닌 셈이었다. 아니나 다를까, 요지부동 늘어나지 않는 38호의 팬덤 때문에 나는 토너먼트 동안 일상을 갈아 넣어야 했다. 매일 비디오 클립을 만들어 팬 커뮤니티에 올리고, 광장 모니터에 38호가 한 번이라도 더 송출되도록 온갖 이벤트를 기획했다. 그런데도 38호의 인기도는 참가자 중 최하위에 머물렀다. 데뷔 파티 티켓을 살 수 있었던 건 내 과제 평가 점수가 다른 참가자의 두 배 이상을 기록한 덕분이었다.

내 질문에 38호는 손가락을 꼼지락거릴 뿐이었다. 그나마 38호의 장점이라면 고분고분 시키는 건 뭐든 한다는 거였다. 인기가 좋아서 이미 개성이 갖추어진 액터의 경우, 인턴이 제대로 통제하지 못해 애를 먹었다는 이야기가 심심찮게 들렸다. 그래서 38호의 예상치 못한 배신이 더욱 당혹스러웠다.

"38호 씨."

내가 다시 한번 부르자, 분주하게 움직이던 38호의 손가락이 멈췄다.

"말하겠습니다. 마이 씨에게는 말해도 될 것 같아요. 분위기가 비슷하거든요."

"분위기요?"

"예. 그녀도 마이 씨처럼 눈앞에 앉은 나를 똑바로 봐 주었죠."

38호는 탁자 아래에서 책 한 권을 꺼내 내게 내밀었다. 리얼 월드 시리즈 중 한 권이었다. 액터가 주인공이 되어 쓰인 책을 통칭하여 그렇게 불렀다. 액터는 그 책을 대본으로 인식한다고 했다.

"이 작품에 제가 엑스트라로 나갔습니다. 딱 한 장면, 이 부분에요."

38호는 책을 펼치고 그중 한 구절을 손으로 짚었다.

"'패트론은 카페테라스에 앉아 이연을 기다렸다. 패트론은 맞은편 자리에 한 남자와 여자가 마주 앉아 있는 것을 보았다. 다정한 시선을 교환하는 두 사람의 모습에, 영문 모를 초조함이 끓어올랐다.' 패트론이 당신인가요?"

"아뇨, 패트론은 주인공이에요. 저는 '다정한 시선을 교환하고 있는 남자'입니다. 극 중 이름은 '수'였어요. 이름은 단 한 번도 안 나오지만요."

"이름으로 불리고 싶지가 않은 거예요?"

"물론 불리고 싶죠!"

38호의 양 볼이 빨갛게 달아올랐다.

"이름으로 불리고 싶지 않은 액터가 어디 있겠어요. 자기만의 세계에서 완벽한 주인공이 되었다는 증거인걸요. 엑스트라로 활동하면 이름이 늘 바뀌지만 주인공이 되면 나만의 이름을 가지게 되잖아요. 그건 멋진 일이죠."

38호의 목소리가 열기로 차올랐다. 아무래도 버그는 아닌 것 같았다. 그러면 왜 그런 말을 한 것일까. 38호가 손가락 끝으로 한 문장을 가리켰다.

"'한 남자와 여자가 마주 보고 앉아 있는 것을 보았다.' 이 여자 때문입니다. 이름은 캐리. 저와 마찬가지로 엑스트라였죠. 저는 그녀에게 한눈에 반했습니다."

"반했다고요?"

"예. 순간의 만남이었죠. 하지만 전 그녀의 눈을 잊을 수가 없습니다. 저를 똑바로 바라보던 그 눈을 본 순간 왜인지 아주 오랫동안 그녀를 기다려 온 듯했습니다. 처음 만난 사람에게서 그리움을 느끼다니, 이상하죠. 하지만 사실입니다."

액터가 사랑에 빠졌다고? 지금까지 이런 경우가 있었나 싶었다. 그때 태블릿 피시에 누군가 보낸 메시지 알림이 떴다. 상태 창을 열어 메시지를 확인했다.

이승연 팀장과 보이스 채팅을 하시겠습니까?

이승연은 스쿨 토너먼트의 총괄팀장이었다. 채팅 수락을 누르자 이승연 팀장의 흥분한 목소리가 튀어나왔다.

"하마이 학생, 지금 유저들 반응이 아주 좋아요. 엑스트라 활동을 하다 만난 여자와의 사랑이라니. 로맨틱하다고 난리가 났네요. 38호의 인기도가 급상승하고 있어요."

솔깃한 이야기였다. 나는 38호의 이야기에 고개를 끄덕이면서 관리자 모드로 들어가 38호의 인기도 검색을 실시했다.

"그래서 집에 돌아와 그녀를 찾아 나섰죠. 하지만 만날 수 없었습니다. 혹시 그녀와 다시 만나면 좀 더 좋은 모습을 보이고 싶어서 살도 뺐습니다. 평소에 안 가던 곳도 가 봤어요. 하지만 못 만났습니다. 단 한 번도! 그러니까 저는 엑스트라로 남아야 합니다. 주인공이 되어 리얼 월드를 떠나면 그녀를 만날 수 없으니까요."

반응은 폭발적이었다. 이제껏 접한 적 없는 인기도 수치였다.

—방금 스쿨 프로젝트 채널 봤어? 완전 로맨틱.

—일보다 사랑이 먼저라니. 저런 액터도 있구나.

—스쿨 프로젝트 시시해서 신경 안 썼는데, 홈피에 저장된 거 처음부터 돌려 봐야겠다.

이대로라면 다시 데뷔 파티 티켓을 살 수 있을 것 같았다. 인턴십이 종료되기까지는 한 달 정도 남았다. 나는 다시 38호에게 질문을 던지며 검색 결과에 주의를 기울였다.

"그녀를 만나서 어떻게 하고 싶은데요?"

"그냥…… 다시 한번 만나고 싶은 것뿐이에요. 그녀와

사귄다거나, 그런 걸 바라는 것도 아닙니다. 그냥 눈을 마주 보면서 잘 지냈냐고 묻고 싶어요. 그러기 위해 그녀를 만날 가능성을 조금이라도 더 높이려면 한 번이라도 더 엑스트라 활동을 해야 합니다. 그래서 그렇게 말했던 겁니다."

38호가 더없이 진지한 목소리로 그렇게 말한 순간, 인기도 수치는 80퍼센트를 넘어갔다. 이때까지 그 어떤 액터도 받아 본 적 없는 수치였다.

'만약 캐리를 찾아서 38호와 만나게 해 주면…….'

그렇게 되면 데뷔 파티 티켓을 한 장 더 사는 정도가 아니라 스쿨 토너먼트 우승을 노릴 정도의 인기도 상승을 기대할 수도 있었다.

나는 그 순간 결심했다. 캐리를 찾아내고야 말겠노라고.

*

캐리를 찾아 38호와 만나게 하는 일 정도야 간단할 줄 알았다. 캐리가 누구인지는 해당 작품의 엑스트라로 동원되었던 액터 리스트를 확인하면 쉽게 알 수 있을 테니, 두 사람의 재회 이벤트만 열면 될 거라 여겼다.

나는 한숨을 쉬며 모니터를 노려보았다.

"설마 캐리가 존재하지 않을 줄 누가 알았겠어."

오랜만에 수진과 함께 기분 전환을 위해 찾은 쇼핑몰이었다. 그러나 2층에 새로 생긴 경치 좋은 카페에 앉을 때까지도 내 신경은 온통 이승연 팀장의 메일에 쏠린 채였다. 결국 태블릿 피시를 켜고 말았다. 내가 보낸 메일에는 읽음 표시가 선명했지만, 답장은 여전히 오지 않은 채였다. 맞은편에 앉아 있던 수진이 내 쪽으로 의자를 끌어당겨 왔다.

"무슨 말이야? 캐리가 존재하지 않다니?"

"이것 좀 봐."

나는 엊그제 이승연 팀장에게 받은 메일을 열어 모니터에 띄웠다.

하마이 씨에게.

안녕하세요, 팀장 이승연입니다.

요청하신 대로 회사 이벤트 부서에 캐리에 대한 정보를 요청했어요. 그런데 캐리는 리얼 월드의 액터가 아니라고 합니다. 38호가 엑스트라로 동원되었던 그 소설은 유저 참여 이벤트가 실시된 회차였습니다. 보통의 리얼 월드 시리즈와는 다르게, 캐리를 비롯한 엑스트라 중 일부는 유저가 제출한 캐릭터 대사를 입력해 랜덤으로 출력했다고 하네요. 캐리는 버추얼 휴먼이 아니라 단 몇 줄의 텍스트일 뿐인 거지요. 말 그대로 소설 속에만 있는 존재입니다.

여기서 좋은 소식과 나쁜 소식이 하나씩 있습니다.

먼저 좋은 소식. 캐리의 캐릭터 대사를 응모한 유저의 정보가 기록되어 있습니다. 연락을 해서 저작권 협상을 하면 캐리를 버추얼 휴먼으로 구현해 내는 것은 오래 걸리지 않습니다. 회사 쪽에서도 적극적인 지원을 약속했습니다.

다음은 나쁜 소식. 이벤트 당시 캐리의 캐릭터 대사를 응모한 유저는 중학생이었습니다. 하지만 수상자 발표 후 캐릭터 사용 협의를 하러 온 사람은 정진이라는 이름의 고등학생이었습니다. 당시 정진은 동생이 몰래 자기 작품의 주인공을 대회에 제출했다며 수상 취소를 요구했습니다. 하지만 그때는 이미 다른 수상자와의 계약이 대부분 완료되어 소설화 작업 중인 상태였습니다. 가벼운 이벤트이니 참가자 전부와 계약이 완료되기 전에 작업을 진행해도 큰 문제 없겠다고 여겼던 게 문제였지요. 담당자가 사정사정해서 겨우 사용권 허가는 받았다고 합니다. 그때의 담당자에게 연락을 해 봤는데, 정진의 '정' 자만 말해도 진절머리를 치더라고요. 완전 고집불통이었다고, 고작 엑스트라 캐릭터 하나 때문에 고생했던 걸 생각하면 치가 떨린다고 말이죠.

하마이 씨에게 정진의 인적 사항을 보냅니다. 정진을 설득해서 캐리의 저작권 사용을 협의하는 것은 하마이 씨 능력에 달린 일입니다. 회사에서는 하마이 씨가 저작권 사용 협의를 무사히 완료해 오기를 기대하고 있습니다. 이 미션을 완료하면 인턴십 프로그램의 결과에 긍정적인 영향이 있을 것이라 확신합니다.

㈜리얼 컴퍼니
총괄팀장 이승연 드림

“한마디로 네가 알아서 정진이란 사람을 설득해라, 이거네.”

“네가 봐도 그렇지? 그래서 내가 정진이라는 사람한테 메일을 보냈어. 리얼 컴퍼니에서 제시한 조건이 꽤 괜찮았거든. 그런데 메일 확인만 하고 답장을 안 해, 답장을! 아니, 계약 조건이 마음에 안 들면 뭐가 싫다고 알려 주기라도 해야 협상하든 말든 하지!”

내 목소리가 점점 커졌다. 수진은 스크롤을 위로 쭉 올렸다. 이승연 팀장이 보낸 메일에 첨부되어 온 정진의 인적 사항에 커서가 멈췄다. 사진 속 정진의 얼굴은 귀가 약간 큰 걸 빼면 38호와 얼핏 닮아 보였다.

"정진, 열아홉 살. 인화고등학교 3학년. 인화고등학교면 우리 학교랑 가깝다. 생긴 건 그냥 평범하네. 고집 별로 안 세 보이는데."

"고집인지 아니면 좀 더 두고 보려는 건지."

나는 키보드 위로 쓰러지듯 엎드렸다. 순간 눈앞이 시커멓게 물들면서 숲의 냄새가 나를 덮쳤다. 일이 통 풀리지 않을 때면 언제나 이 기분이 몰려왔다. 어릴 적, 숲속에서 길을 잃었을 때의 기분이었다. 어두워지기 전에 숲속을 나가야만 하는데 발을 떼지 못하고 우두커니 서 있기만 했던 막막함. 새까맣게 물들어 가던 숲에서는 넘기지 못한 공책 냄새가 났었다.

"마이야, 괜찮아?"

수진이 내 어깨를 가볍게 흔들었다. 기억 속의 숲을 헤매던 나는 그 흔들림에 현실로 돌아왔다. 나는 다시 허리를 펴고 앉았다.

"괜찮아. 메일 다시 보내 봐야지."

"팀장에게 도와달라고 말해 봐."

"했어. 사흘 내내 메일함 새로고침 하다가 짜증으로 죽을 수도 있겠다 싶어서."

"뭐래?"

"사랑을 얻기 위해서는 역경이 필요한 법이래."

이승연 팀장의 대답은 태평했다. 38호가 캐리를 만나지 못할 수도 있다는 것을 유저에게 알리면 사람들이 38호와 캐리의 로맨스에 더 열광할 거라나. 이승연 팀장이 로맨스 마니아라는 소문이 있던데 아무래도 진짜인 모양이었다. 하지만 스쿨 토너먼트 종료일을 코앞에 둔 나는 태평할 수가 없었다. 역경, 그런 게 왜 필요하단 말인가. 로미오와 줄리엣만 봐도 그렇다. 그 갖은 역경 끝에 두 사람이 어떻게 되던가. 역경이 있어야만 빛나는 로맨스라면 없는 게 낫다.

"기운 내. 우리 편집숍 가자! 리얼 월드 신간 나왔거든."

수진이 내 팔을 잡아끌었다. 나는 못 이기는 척 태블릿 피시를 끄고 자리에서 일어났다. 계속 메일함을 들여다보고 있어 봤자 해결되는 일은 없다. 나와 수진은 1층에 있는 편집숍으로 가기 위해 가게를 나와 에스컬레이터에 올라탔다.

"그런데 너, 책 한정판 예약해서 이미 산 거 아니었어?"

"그건 소장본. 지금 사러 가는 건 실제 독서용. 덕질의 기본이지."

백화점 1층에 도착하자 편집숍 입구부터 리얼 월드 시리즈가 쫙 진열되어 있었다. 종이책이 빼곡한 벽면은 리얼 월드 시리즈가 출판되기 전에는 좀처럼 볼 수 없던 것이다. 전 세계의 독서율이 종이책과 전자책을 통틀어 평균 3퍼센트밖에 되지 않는 시대였다. 한 세기 전부터 소설은 전자책으로만 발행되었는데, 인쇄해서 내 봤자 초판 500부도 팔리지 않았기 때문이다. 리얼 월드 시리즈가 유행하기 전만 해도 종이책을 파는 서점은 전 세계에 단 네 곳뿐이었다.

"판매대 붐비는 것 좀 봐. 역시 4호야. 인기 엄청났잖아. 티저 영상 조회 수 100만 찍었다니까. 시리즈 중에 최초로 밀리언 셀러 나오는 거 아니냐고 난리야. 4호 이름이 알렉스가 된 건 마음에 안 들지만. 난 레온을 밀었거든. 이 작품은 영화화도 확정됐다더라."

리얼 컴퍼니는 처음에 제작 발표회의 결과물로 전자책만 발행했다. 하지만 첫 우승자인 1호의 팬들이 소설을 종이책으로 소장하게 해 달라며 서명 운동을 벌였고, 리얼 컴퍼니는 한정판 예약 판매를 시작했다. 고풍스러운 디자인의 양장 표지는 마니아들의 취향을 저격했고 예약 판매 부수는 10만 부를 기록했다. 그 일은 '종이책의 르네상스'라는 제목으로 언론에 대서특필되었고, 그때부터 리얼 월드 시리즈는 한정판과 일반판 두 종류의 종이책을 내는 것이 고착화되었다.

수진이 책을 집어 드는데 한 남자가 수진에게 다가왔다.

"리얼 월드 유저죠? 리얼 월드의 액터 데이터 정책 변화에 대한 반대 서명을 받고 있어요."

태블릿 피시를 손에 든 남자는 이마에 "리얼 월드는 소통하라."라고 쓰인 머리띠를 두르고 있었다. 수진은 바로 태블릿 피시에 사인을 했다. 리얼 월드가 다음 시즌 계획을 발표하면서 유저들 사이에서 반발이 일어나고 있다는 건 알았는데, 서명 운동까지 벌이고 있는 줄은 몰랐다. 남자가 사라지자 수진이 투덜거렸다.

"소설화 이후에도 액터의 데이터를 유지해서 버추얼 배우로 활동하게 한다잖아. 그게 말이 돼? 유저들 다 반대하고 있어."

"왜? 4호 작품이 영화화된다고 좋아했잖아. 4호가 버추얼 배우로 활동하면서 자기 작품 주인공 맡으면 좋은 거 아냐?"

내가 그렇게 말하자 수진은 정색했다.

"아니거든! 얘가 진짜 뭘 모르네. 액터가 소설 밖으로 나오면 몰입이 확 깨지잖아."

"몰입?"

"리얼 월드 안에서는 액터가 버추얼 휴먼이란 생각이 안 들잖아. 나도 그 안에 있으니까. 하지만 걔네가 현실로 나오면 그 순간부터 그냥 흔한 버추얼 휴먼이라고. 널리고 널린 버추얼 휴먼 연예인 되는 거라니까? 으, 상상만으로도 싫다."

"그 정도로 싫어?"

"당연하지. 액터의 팬덤이 원하는 건 말이야, 액터가 소설의 주인공이 되는 거야. 그건 뭐랄까……. 걔네가 여기와는 완전 다른 세계로 떠나서, 그곳에서 계속 살아가고 있는 것처럼 느끼게 해 줘. 우리의 환상이 유지된다고."

"그렇게까지 몰입하는 게 대단하다. 하긴, 애니 윌크스도 미저리에게 집착했으니까."

"애니 윌크스? 그게 누구야?"

"자기가 좋아하는 소설을 쓴 작가를 납치해서 감금한 사람. 소설 주인공인 미저리를 너무 좋아해서 소설이 끝난 걸 용납할 수 없었다나."

내 대답에 수진은 어머, 하고 놀랐다.

"그런 사이코가 있냐. 근데 작가를 납치했다니, 그 소설을 출력한 인공지능을 훔쳤다는 거야? 아니면 부숴 버렸다거나……. 소설을 핑계로 한 러다이트주의자 아냐?"

"아, 그 책 1980년대 소설이야. 제목은 『미저리』. 작가는 스티븐 킹이라는 사람이고."

"뭐야, 완전 고전이네. 마이, 고전충이야?"

고전충. 고전 소설을 읽는 사람을 낮잡아 일컫는 말이다. 여기서 고전 소설은 오래전에 쓰인 소설과 사람이 쓴 소설을 모두 뜻한다. 지금 출판되는 소설은 대부분 인공지능이 썼다. 사람이 쓴 소설이 출간되는 경우도 가물에 콩 나듯 있기는 한데, 극히 드문 탓에 현대 작가의 소설도 묶여서 고전 소설로 불리게 되었다. 그리고 이 용어는 세대 갈등을 드러내는 단어의 대표 격으로 꼽히기도 한다. 내 또래 아이들은 대부분 어릴 적부터 인공지능이 쓴 소설을 읽고 자랐다. 사람이 쓴 소설은 문법도 어렵고, 내용 이해도 잘되지 않고, 불친절하다고 느끼는 세대. 그런 세대에게 이전 세대는 가벼운 독서만을 즐긴다고 훈계했다. 고전충은 그에 대한 반발로 나온 용어이기도 하다.

그리고 그게 내 어린 시절 별명이었다. 고전충 하마이.

말없이 책을 뒤적이고 있으니, 수진이 내 옆구리를 쿡 찔렀다.

"미안, 기분 상했어? 농담이야. 고전충이 리얼 컴퍼니 인턴에 지원할 리가 없지."

나는 고개를 가로저었다.

"아냐, 괜찮아. 잠깐 딴생각했어."

"계속 신경 쓰여? 답장이 안 오면 직접 찾아가 보는 건 어때?"

"그건 좀 스토커 같지 않아? 그쪽에서 더 피할 것 같은데."

"그런가? 답장 꼭 오면 좋겠다. 혹시 저작권 협상 잘 안 돼도 정진은 한번 만나 보고 싶어. 캐리를 만든 사람이잖아."

수진의 말에 나는 책을 뒤적이던 손을 멈췄다.

"왜? 캐릭터 원작자를 만나면 캐리가 진짜 사람이 아니라는 게 확 다가올 텐데? 액터가 연예인 활동하는 것도 싫다며."

"그거랑은 달라. 오히려 연예인 부모님 궁금해하는 거에 가깝지. 버추얼 휴먼의 디자인 샘플링은 보고 싶지 않지만, 디자이너는 만나 보고 싶은 그런 감정? 캐리가 버추얼 휴먼이 아니라 원작자가 따로 있다고 공개돼 봐. 유저들 반응, 나랑 비슷할 거야."

수진이 책 세 권을 집어 들고 계산하는 동안, 나는 수진의 말을 곱씹었다.

'만약 캐리의 저작권을 가져올 수 없다면, 정진과 38호의 대담이라도 해 볼까? 수진이 말대로, 그것만으로도 데뷔 파티 티켓을 살 점수는 채울 수 있을지도 몰라.'

어느 쪽이든 일단 정진과 연락이 되어야 가능했다. 휴대폰을 꺼내 메일의 답이 왔나 보려는데, 메시지 알림이 떴다. 이름이 저장되지 않은 낯선 번호였다.

하마이 학생 번호 맞죠? 전에 아버지 유품 건네줬던 요양사예요. 그때 아버지가 남긴 공책 이야기 했잖아요. 혹시 아직 찾고 있으면 오늘 오후에 요양원에 와 보세요.

생각지도 못했던 메시지였다. 나는 잠시 휴대폰을 들여다보다가 손가락을 움직였다.

감사합니다. 지금 찾아갈게요.

가게를 나온 나는 수진과 헤어져 버스 정류장으로 향했다. 버스에 앉아 요양원으로 향하는 동안 정진과 공책에 대한 생각이 머릿속에서 뒤엉켜서 하마터면 내려야 할 곳을 지나칠 뻔했다. 나는 부랴부랴 벨을 눌렀다.

요양원은 정류장에서 가까운 6층짜리 건물의 4층과 5층에 위치해 있었다. 처음 이곳을 찾았을 때는 나무 한 그루도 없는 곳에 요양원이 있다는 것에 그리고 아빠가 도시 한복판에 있었다는 것에 놀랐다. 나는 아빠가 당연히 숲속에 있을 거라고 생각했다. 아빠가 나를 쫓아냈던 그곳, 숲속의 양옥집 같은 곳에 말이다.

사라진 아빠의 공책, 그게 내가 이곳에 남아야만 하는 이유다.

*

어린 시절, 기억의 시작은 나무 냄새다.

아빠와 함께 지낸 낡은 양옥집은 주택가에서 차로 20분쯤 떨어진 숲속에 자리 잡고 있었다. 집 주변을 둘러싼 울타리는 바깥과 안을 완벽하게 분리하는 마법의 경계였다.

나는 일곱 살 때까지 그 집에서 아빠와 단둘이 살았다. 집을 찾아오는 사람은 정기적으로 생필품을 가져다주는 택배 기사뿐이었다. 아빠는 집 밖으로 나오는 것을 무척이

나 싫어해서 필요한 모든 것을 택배로 주문했다. 한 달에 두 번, 얼굴도 기억나지 않는 엄마에게서 전화가 왔다. 나는 아빠와 엄마가 왜 이혼한 건지 정확히 알지 못했다. 누구도 내게 가르쳐 주지 않았다.

아빠는 하루 중 대부분의 시간을 서재에 있는 책상에 앉아 보냈다. 아빠는 작가였다. 책을 한 권도 출판하지 못했지만 자칭 작가였던 아빠는 전자책을 싫어했고, 특히 인공지능이 쓴 소설을 싫어했다. 집에 가득했던 책들은 모두 사람이 쓴 것이었다. 그래서 나는 초등학교에 입학하기 전까지 소설은 전부 사람이 쓴 줄 알았다.

집에 있는 책 중 내가 가장 자주 읽은 건 『어린 왕자』였다. 사막에 표류한 비행사와 별에 장미를 두고 떠나온 어린 왕자의 이야기. 나는 그 이야기에 반했다. "내가 좋아하는 사람이 나를 좋아해 주는 건 기적이야."라는 문장이 특히 좋았다. 기적은 좀처럼 일어나지 않아서 기적이라고 불린다. 그 문장을 들여다보고 있으면 내가 아빠를 좋아하고, 아빠도 나를 좋아한다는 사실만으로도 세상 전부를 가진 듯 행복해졌다. 그래도 혼자 노는 것은 심심했기에, 나는 어린 왕자와 여우를 친구로 선택했다. 혼자 시리얼을 먹을 때면 어린 왕자를 불러내 맞은편에 앉혔고 마당에서 뛰어

놀 때는 여우를 불러 신발을 물어 오게 했다. 어린 왕자 몫의 시리얼을 먹는 것도 나였고, 결국 신발을 가져오는 것도 나였지만 상상 속에서 그들과 함께했다.

"마이야, 오늘은 무엇을 했니?"

그들은 아빠가 부르는 목소리에 스르륵 사라지고는 했다. 아빠는 언제나 해가 지기 전, 노을이 창문을 예쁜 색으로 물들일 때 나를 불렀다. 나는 아빠와 함께 앉아 노을의 색이 바뀌는 것을 보았다. 비가 올 때면 빗소리에 맞추어 허공에 피아노 치는 시늉도 했다. 그러다 해가 완전히 지고 나면 난로에 불을 지폈다. 어른거리던 불꽃이 거실에 그림자를 만들어 낼 정도로 피어오르면 아빠는 나를 품에 안고 공책을 폈다. 아빠가 손으로 종이를 엮어 만든, 세상에서 단 하나뿐인 공책이었다. 공책 표지에는 나를 닮은 여자아이가 그려져 있었다.

나와 아빠는 번갈아 가며 하루에 한 줄씩 공책에 글을 썼다. 숲속에 사는 어린 소녀의 이야기였다. 소녀는 빗소리가 음악처럼 들리는 집에 살았고 원하면 언제나 어린 왕자와 여우를 불러낼 수 있었다. 달걀을 먹다가 노른자를 예쁘게 터뜨리지 못한 것에 속상해했고, 장롱 안에 들어가 낮잠을 자기도 했다. 공책에는 내가 쓴 서툰 문장과 아빠의 유려한 문장이 어울리지 않게 뒤엉켰다.

내가 적는 한 줄은 언제나 비슷했고, 나는 그게 마음에 들지 않았다. 그래서 어느 날 소녀에게 모험을 시키기로 마음먹었다.

소녀는 울타리를 넘어 숲 안으로 들어갔습니다.

아빠는 그때까지 내가 본 적 없는 무서운 표정으로 지우개를 집어 들고는, 그 문장을 벅벅 지웠다. 그러고는 내 어깨를 붙잡고 엄한 목소리로 말했다.

"몇 번이고 말했잖아. 울타리 너머에는 끔찍한 위험이 도사리고 있어. 그러니까 소녀는 그 울타리를 넘으면 안 돼."

아빠의 표정이 너무 무서워서 나는 얼른 고개를 끄덕거렸다. 한 줄씩 적어 내린 이야기가 공책의 절반을 채워 갈 때까지 소녀는 어디로도 떠나지 못했다.

여덟 살이 되던 해, 나는 초등학교에 입학했다. 초등학교는 내게 신세계였다. 내 또래의 아이들이 너무나도 많았다. 나는 상상 속의 친구가 아닌 진짜 친구를 만들 수 있다는 기대감에 들떴다. 어떻게 하면 친구를 빨리, 많이 사귈 수 있을까 고민하다가 학교에 『어린 왕자』를 가지고 갔다. 내가 가장 좋아하는 책이니까 다른 아이들도 좋아할 거라 믿었다. 하지만 같은 반 아이들은 내가 들고 온 책을 보자마자 외쳤다.

"고전충이다!"

그제야 나는 현실을 깨달았다. 같은 반 아이 중 누구도 종이책을 읽지 않았다. 아이들은 사람이 왜 소설을 쓰냐고, 소설은 당연히 인공지능이 쓰는 거라고 나를 비웃었다.

그날 이후 나는 어린 왕자와 여우를 불러내지 않게 되었다. 나도 같은 반 아이들처럼 최신형 휴대폰과 태블릿 피시를 가지고 싶어졌다. 나는 연예인을 몰랐고, 예능 프로그램을 보지도 않았기에 친구들과의 대화에 끼어들 수 없었다. 간혹 집에 놀러 오라고 초대받기도 했지만, 친구의 집이 위치한 주택가에서 숲속 집까지는 도저히 걸어갈 수 있는 거리가 아니었다. 아빠에게 데려와 달라고 말할 생각은 아예 하지 않았다. 아빠가 집 밖으로 나가는 장면은 도저히 상상되지 않았다. 애초에 아빠는 운전면허도 없었다.

나는 아빠에게 휴대폰을 사 달라고 했다. 아빠는 학교에서 대여해 주는 것이 있지 않냐며 안 된다고 했다. 나는 사 달라고 떼를 썼고, 아빠는 고집스럽게 입을 다물었다. 나와 아빠의 첫 싸움이었다. 싸움은 냉전으로 이어졌다. 몇 주간 난로에는 불이 붙지 않았고, 공책은 덮인 채 거실 한쪽에 나뒹굴었다. 어떻게 하면 이 싸움에서 이길 수 있을까 고민하던 그때 한 가지 생각이 머릿속을 스쳤다.

'장미도 어린 왕자가 별을 떠난 후에 후회했을 거야. 어린 왕자가 하는 말을 들어줄걸, 하고. 내가 집을 떠나면 아빠도 내 말을 들어줘야 했다고 후회하지 않을까? 그때 짠하고 돌아오면 분명 휴대폰을 사 줄 거야.'

나는 "소녀는 울타리를 넘어 숲 안으로 들어갔습니다."라는 메모를 남기고 집을 나섰다. 숲속에 잠깐 숨어 있다가 해가 지기 전에 집으로 돌아올 생각이었다. 내 목적은 가출이 아니라 아빠를 놀라게 하는 거였으니까. 나는 숲길을 걸어 올라갔다. 운동화에 닿는 고운 흙의 감촉이 돌 섞인 거친 감촉으로 점점 바뀌었다. 길이 끝나는 곳까지만 갈 생각이었다. 하지만 길은 계속해서 이어졌다. 이게 길인지 숲인지 애매하게 뒤섞인 지점에 이르러서야 너무 멀리 왔음을 깨달았다. 집 근처의 나무와는 비교되지 않게 높이 자란 나무가 하늘을 가려 해가 진 것인지 아닌지 알 수 없게 어둑했고, 나뭇잎이 바람에 흔들리는 소리가 사방을 뒤덮었다.

나는 제자리에 서서 멍하니 주변을 둘러보았다. 분명 위로 똑바로 걸어 올라왔을 뿐인데 완전히 낯선 세계에 떨어진 듯했다. 어두워지기 전에 집에 가야 한다고 생각하면서도 쉬이 발걸음을 뗄 수가 없었다. 자칫 한 발을 잘못 내디뎠다가는 더욱더 낯선 세계로 떨어질 것만 같았다. 멍하니 서 있는 그때, 땅이 울렸다. 작은 동물 수십 마리가 급하게 땅을 박차며 달려오는 듯한 발소리였다. 그 소리가 나를 낯선 세계의 입구에서 끌어올렸다.

"아빠."

아빠가 숨을 헐떡이며 달려와 내 앞에 섰다. 아빠는 서너 명의 경찰과 함께였다. 무너지듯 주저앉은 아빠는 나를 꽉 끌어안았다. 산길을 내려오는 동안 아빠는 한마디도 하지 않았다. 집에 온 후에도 마찬가지였다. 아빠는 다음 날도 내게 아무 말도 하지 않았고, 그다음 날도 그랬다. 난로에는 다시 불이 붙었지만, 공책은 덮인 채였다.

나흘 후에 경찰이 집으로 왔다. 경찰은 내게 아빠가 나를 학대했냐고 물었다. 아니라고 했다. 다음 날 엄마의 변호사라는 사람도 찾아왔다. 아빠가 우울증 치료를 받고 있었고, 그 때문에 집 밖에 나서는 걸 두려워한다는 것을 그날 처음 알았다. 법원은 아빠의 정신 상태가 불안정해 나를 양육하기에 부적합하다는 판결을 내렸다. 아빠는 변명 한

마디 하지 않았다. 엄마가 나를 스웨덴으로 데리고 가겠다는 연락을 해 왔다.

엄마가 한국으로 나를 데리러 온 날, 나는 현관에 서서 아빠를 노려봤다.

"아빠, 나랑 살기 싫어서 일부러 말 안 하는 거예요?"

아빠는 여전히 입을 다문 채 아무 말도 하지 않았다.

"나 때문에 집 밖으로 나가야 했던 게 싫었던 거예요? 그래서 화를 내는 거냐고요!"

아빠의 침묵만큼, 내 목소리는 격양되었다. 아빠는 조용히 내게 공책을 내밀었다. 여자아이가 그려진, 나와 아빠가 매일 이야기를 적어 내려 갔던 공책이었다. 나는 공책을 받아 들고 펴 보았다.

"'삶은 어지러이 변하는 듯 보이나 자락을 베어 내어 안을 들여다보면 변하지 않는 무언가가 있음을, 소녀는 알았다.' 뭐예요, 이게? 무슨 뜻인데요?"

아빠는 대답하지 않았다. 나는 화가 나서 공책을 바닥에 집어 던졌다. 그러고는 뒤돌아보지 않고 집을 걸어 나왔다. 아빠가 나를 버리면 나도 아빠를 버리겠다 다짐하며 비행기를 탔다.

그 뒤로 모든 것이 너무 한꺼번에 변했다. 스웨덴에 간 나는 원하던 모든 것을 가지게 되었다. 태블릿 피시로 전자책을 다운받았고, 친구들이 추천하는 인공지능 소설을 읽었다. 하지만 무엇을 읽어도 재미를 느낄 수가 없었다. 그러는 동안 아빠에게는 단 한 번도 연락이 오지 않았다.

그렇게 9년이 지났다. 중학교 졸업식이 있고 며칠 후, 아빠가 요양원에서 숨을 거두었다는 연락이 왔다. 나와 엄마는 함께 한국으로 갔다. 장례식은 단출했다. 아빠를 담당했다는 요양사가 아빠의 물건을 상자에 담아 건네주었다.

"소지품이 많지는 않아요. 어, 공책이 없네."

"공책이요?"

"입원 초기부터 계속 뭔가를 쓰셨거든요. 그래서 다들 작가 선생님이라고 불렀어요. 공책이 참 예뻤어요. 표지에 여자아이 그림이 그려져 있었거든요."

나는 호텔로 돌아와 상자를 열어 보았다. 가장 위에 『어린 왕자』 책이 있었다. 침대에 드러누워 책을 펼쳐 읽었다. 내 어린 시절의 친구가 그 안에 있었지만 나는 읽을 수가 없었다. 내 머릿속에 글자가 들어오려 할 때마다 아빠의 손이 그것을 부수어 버렸다.

그래도 나는 필사적으로 책을 끝까지 읽으려 했다. 어린 왕자와 여우를 불러내고 싶었다. 하지만 책을 읽는 동안에도 단 하나의 문장이 내 머릿속을 꽉 채웠다.

> 삶은 어지러이 변하는 듯 보이나 자락을 베어 내어 안을 들여다보면 변하지 않는 무언가가 있음을, 소녀는 알았다.

무엇을 읽어도 공책 마지막에 쓰여 있던 문장으로 바뀌는 저주라도 걸린 게 아닐까 싶어 섬뜩했다. 만약 이게 저주라면, 나는 그 공책을 꼭 찾아야 했다.

밤을 새워 고민한 다음 날, 나는 엄마에게 고등학교는 한국에서 다니겠다고 선언했다. 요양사는 아빠가 공책에 무언가를 계속 썼다고 했다. 분명 아빠는 나와 함께 쓰던 소녀의 이야기를 이어서 썼을 것이다. 내가 기억하는 그 문장 뒤에 이어진 이야기의 끝을 확인하면 저주가 풀릴 것만 같았다. 나는 다시 요양원을 찾아갔고, 아빠가 지냈던 방을 샅샅이 뒤졌다. 하지만 공책은 어디에도 없었다. 요양사는 내게 뭐라도 찾게 되면 알려 주겠다고 연락처를 받았다. 상자 속에는 아빠가 알고 지냈던 사람을 추측할 무언가가 하나도 남아 있지 않았고, 부고를 받고 찾아오는 사람도 없었다. 그래서 나는 아직도 공책의 행방을 알지 못해 여전히 저주에 걸린 채였다.

*

"작가 선생님이 종종 다른 분들에게 책을 읽어 주셨거든요. 그때 봉사활동 왔던 학생도 그 일을 같이했는데, 둘이 꽤 친했어요. 작가 선생님이 돌아가시고 나서 그 학생도 발길을 끊었고요. 근데 오늘 여기 온다는 연락이 왔어요. 그 학생에게 물어보면 공책에 대해 뭔가 알 수 있을 거예요."

요양사는 내게 4층 끝에 있는 휴게실에 가 보라고 알려 주었다.

'아빠가 다른 사람에게 책을 읽어 줬다고?'

믿기지 않았다. 택배 기사와도 눈을 마주치지 못했던 아빠였다. 복도는 짧았고 나는 금세 휴게실 앞에 도착했다. 빠끔히 열린 문틈으로, 방 한가운데 모여 앉은 사람들이 보였다.

"어른들은 나에게 속이 보이는 보아뱀이나 안 보이는 보아뱀의 그림 따위는 집어치우고, 차라리 지리나 역사, 산수, 문법에 재미를 붙여 보라고 충고했다. 나는 이렇게 해서 내 나이 여섯 살 때 화가라는 멋있는 직업을 포기했다."

문밖으로 책을 읽는 목소리가 또렷하게 새어 나왔다. 나는 방해가 되지 않게 조용히 문을 열고 방 안으로 들어갔다. 의자에 앉은 어르신들 뒤에 서서 메고 있던 가방을 가만히 바닥에 내려놓았다. 그러고는 어깨 너머로 책을 읽고 있는 사람을 봤다.

'저 얼굴 낯이 익은데……. 어, 잠깐만.'

책을 읽고 있는 사람은 정진이었다. 방금까지도 사진으로 보고 온 얼굴을 헷갈릴 리가 없었다. 메일은 확인도 하지 않으면서 여기서 태평하게 책을 읽어 주고 있다니. 손가락 끝이 아프도록 메일함을 새로고침 하며 느꼈던 짜증이 확 터져 나왔다.

"메일 확인했으면 답을 해야지!"

소리를 지르고 아차 싶어 손바닥으로 입을 덮었다. 하지만 늦었다. 내게 등을 돌리고 앉아 있던 어르신들과 정진이 거의 동시에 나를 바라봤다. 불청객의 등장에 눈이 휘둥그레진 사람들 사이로 정진이 걸어 나와 내 앞에 섰다.

"리얼 컴퍼니에서 온 거예요, 혹시? 여긴 어떻게 알고 온 건데요?"

"그건 아니고, 공책을……."

"공책? 설마 뒷조사까지 한 거예요?"

망했다. 오해를 사도 단단히 산 모양이다. 정진은 내 어깨를 밀치고 지나며 휴게실 밖으로 나가 버렸다. 이대로 정진을 놓칠 수는 없었다. 나는 바닥에 내려놓았던 가방을 챙길 새도 없이 다급히 정진을 따라 나갔다.

"그게 아니라니까요."

"캐리 저작권 협상하자는 메일 보낸 사람 아니에요?"

"그건 맞는데……."

"확실히 말하지만, 난 캐리의 저작권을 넘길 생각이 없어요."

앞서 걷는 정진의 걸음이 점점 빨라졌다. 나를 따돌리려는 의도가 명백했다. 빨라지던 걸음은 곧 뜀박질이 되었다. 나도 질세라 뛰었다.

"왜요? 이유라도 말해 줘야지. 그리고 공책 말인데요."

"더 이상 말할 거 없다니까요."

"난 말할 거 많거든요! 좀 멈춰 봐요!"

정진은 빨랐다. 나도 달리기가 느린 편은 아닌데 정진은 정말 빨랐다. 정진은 단숨에 요양원 건물을 나가 횡단보도를 건넜다. 나도 따라 건너려는 순간, 신호등이 빨간불로 바뀌었다.

"안 멈추면 찾아갈 거야!"

나는 횡단보도 건너편에서 소리를 질렀다. 정진은 잠깐 나를 보는 듯했지만 버스가 도착하자 그대로 올라타 사라졌다.

'공책이란 말에 반응했어. 분명히 뭔가 알아.'

나는 주먹을 꽉 움켜쥐었다. 아빠가 마지막으로 쓴 한 줄의 문장. 내 머릿속에 들어오는 모든 이야기를 산산이 조각내어 버리는 그 문장. 정진은 모를 것이다. 아니, 그 누구도 모를 것이다. 무엇을 읽든 문장마다 남겨진 죄의식이 너울거리는 것이 어떤 기분인지. 나는 몸을 돌려 다시 요양원 안으로 들어갔다. 놓고 온 가방을 찾아와야 했다.

"갑자기 뛰어나가더니 왜 혼자 돌아와? 우리 작가 학생은?"

휴게실 안으로 들어가자 어르신들이 우르르 내게로 몰려왔다.

"작가 학생이요?"

"아까 책 읽어 주던 학생. 오랜만에 와서 얼마나 반가웠는데. 학생 때문에 인사도 못하고 갔잖아. 둘이 무슨 사이야? 친구야? 싸웠어?"

"아뇨, 친구는 아닌데……. 걔가 왜 작가 학생이에요?"

"작가 선생님하고 친구였으니까 작가 학생이지."

암호 해독하는 기분으로 대화를 이어가는데 그중 한 명이 내게 『어린 왕자』 책을 내밀었다.

"학생이 대신 읽어."

"제가요?"

나는 얼결에 책을 받아 들고 떠밀리듯 방 한가운데에 있는 의자에 앉았다.

"그러니까, 나는 화가를 포기했죠. 그리고…… 다른 직업을 골랐어요. 비행기 조종이었죠."

어릴 적에 반복해서 읽은 덕분에 『어린 왕자』의 문장은 지금도 머릿속에 남아 있었다. 정진이 읽었던 마지막 문장을 떠올려 그 뒷부분을 더듬더듬 낭독했다. 하지만 책 전체가 머릿속에 들어 있을 리 없었다. 결국 책을 펼쳐 들었다. 하지만 아무리 책에 쓰인 문장을 읽으려고 해도, 그곳에 쓰인 글자는 파편이 되어 머릿속을 빙빙 돌다가 으스러졌다. '보아뱀 그림'과 '사하라 사막'은 결국 '자락'과 '소녀'가 되었다. 모든 글자가 아빠가 남긴 문장으로 재구성되었다.

"못 읽겠어요, 전."

나는 책을 덮고 손으로 얼굴을 가린 채 몸을 앞으로 숙였다. 책이 바닥에 툭 떨어졌다. 놀란 듯한 웅성거림이 내 주변을 둘러싸고, 누군가 내 등을 다독거렸다.

"우리가 억지로 시켜서 그래?"

"울지 마, 학생. 이 영감탱이들아! 그러게 왜 심술을 부려!"

읽기 싫어서 읽지 않는 게 아니라 읽지 못하는 거예요. 나는 그렇게 말하고 싶었다. 공책을 확인하기 전까지 나는 어떤 이야기도 읽을 수 없을 거라고. 그건 아빠가 내게 건 저주 같은 거라고.

아빠가 나를 쫓아낸 것이 아니다. 내가 아빠를 쫓아냈다. 주변의 다른 친구들처럼 되고 싶다던 욕심이 나와 아빠의 평온한 일상을 망쳐 버렸다. 그렇기에 아빠는 내게 화가 난 것이다. 게다가 숲속 집을 떠나기 전까지 나는 아빠에게 사과하지 않았다. 아빠가 화해의 뜻을 담아 건넨 것일 수도 있는 공책도 던져 버렸다. 공책에 아빠가 쓴 마지막 문장이 머릿속에 달라붙은 건 그 때문일 것이다.

아빠는 마지막 순간에 나를 원망했을까?

그 문장 뒤에 이어진 이야기, 소녀가 어떠한 일상을 지내는지 알아야만 했다. 그것은 곧 아빠가 바란 나의 미래일 터였다. 그 이야기를 읽으면 아빠가 내게 남긴 것이 저주인지 아닌지 확실해질 것이다.

"이 학생, 혹시 작가 선생님 딸 아니야?"

웅성거림 속에서 튀어나온 말이 귓가에 와 꽂혔다.

"작가 선생님이 가끔 사진 보여 줬잖아. 어릴 때 사진이

긴 해도 얼굴이 그대로구먼."

"에이, 그럼 작가 학생이 도망을 왜 가. 작가 선생님 공책, 그 학생이 가지고 있잖아. 그거 나중에 자기 딸 주라고 맡긴 거 아냐?"

"아닐걸? 어차피 가족이 유품 찾으러 오는데 뭐 하러."

"아니야, 내가 작가 선생하고 같은 방 썼잖아. 작가 선생이 의식 오락가락하기 직전에 작가 학생이 왔었단 말이야. 그때 그랬어, 뭘 더 써야 한다고. 그걸 작가 학생한테 부탁한다고. 다 쓰면 나중에 딸 주라고 하면서 줬다니까. 내가 봤어."

나는 번쩍 고개를 들었다.

"그 말 진짜죠?"

내 예감이 맞았다. 저주를 풀 수 있는 유일한 방법, 공책이 정진에게 있었다. 정진에게서 공책을 찾아오면, 애써 스쿨 토너먼트에서 이기지 않아도 된다. 내가 한국에 남으려 했던 건 공책을 찾기 위해서니까.

'난 분명히 말했어. 안 멈추면 찾아간다고.'

내뱉은 말을 행동으로 옮길 필요가 있었다.

*

정진이 다니는 인화고등학교는 내가 다니는 레드뱅크 전문학교에서 두 정거장 떨어진 곳에 있었다. 나는 학교가 끝나자마자 인화고등학교로 향했다. 교문 앞에 장승처럼 눈을 부릅뜨고 서 있었지만 한참을 기다려도 정진은 나오지 않았다.

나는 학교에서 나오는 사람을 붙잡고 물었다.

"저기, 혹시 정진이라고 알아요?"

"정진? 알죠. 우리 학교에 걔 모르는 사람 없어요. 요즘 문학부 만드는 애가 어디 있어요, 그런 괴짜 아니면."

"문학부요?"

"회원이 걔 딱 한 명이에요. 3층 오른쪽 맨 끝 교실이 문학부실이에요."

나는 학교로 들어갔다. 아는 사람이 한 명도 없는 낯선 학교 안으로 향하는 발걸음이 긴장으로 경직되었다. 나는 들은 대로 3층 오른쪽 맨 끝 교실 앞에 섰다. 살짝 열린 문틈으로 안을 들여다보니 교실 창가 자리에 정진이 있었다. 나는 굳게 마음을 먹고 교실 문고리를 잡아당겼다. 의자에 앉아 무언가 쓰고 있던 정진이 고개를 들어 나를 봤다.

"진짜 찾아올 줄은 몰랐는데."

정진은 그렇게 말하고는 다시 고개를 숙였다.

"한다면 하는 성격이라서."

나는 정진의 앞자리에 가 앉았다. 정진은 내 목소리가 들리지 않는 듯 계속 태블릿 피시에 무언가를 끼적거릴 뿐이었다. 막상 정진을 눈앞에 두니 어떻게 공책 이야기를 꺼내야 할지 고민이 되었다. "너 내 공책 가지고 있지?"라고 묻는 건 좀 아닌 것 같았다. 너무 뜬금없어서 무슨 공책을 말하는 거냐고 미친 사람 취급받을 것 같았다. 그렇다고 아빠가 요양원에 입원했었다는 이야기부터 시작하면 공책을 찾아 나선 하마이의 모험기를 전부 읊어야 했다. 오기 전에 첫마디쯤은 생각했어야 했다. 반복적으로 움직이는 정진의 펜 끝을 바라보며 고민에 잠겨 있는데 펜의 움직임이 딱 멈췄다.

"캐리를 버추얼 휴먼으로 구현하는 게 무슨 의미가 있는데?"

"뭐?"

정진은 고개를 들고 나를 똑바로 바라보았다. 적의가 담긴 눈빛이었다.

"38호가 만났던 캐리와 버추얼 휴먼으로 구현된 캐리가 같은 사람일 거라고 생각해? 38호가 기다리고 있는 게 대체 누군데? 당신들이 하려는 일은 38호의 기다림조차 거짓으로 만드는 일이야."

"난 캐리에 대해 이야기 하러 온 게 아니라……. 근데 잠깐만, 듣다 보니까 너무하네. 꼭 내가 38호에게 사기라도 치려는 것 같잖아. 캐리가 버추얼 휴먼이 되는 게 뭐가 문젠데?"

"딥 러닝형 버추얼 휴먼은 유저와의 상호작용으로 개성이 발현되는 존재야. 그럼 버추얼 휴먼이 된 캐리는? 그 캐리는 38호와 소설 속에서 만났을 때의 기억을 그대로 갖고 있어? 그 경험으로 뭔가를 익힌 캐리야? 아니잖아."

"데이터를 입력하면 돼. 버추얼 휴먼에게 경험 이전은 어려운 일이 아니야. 버추얼 휴먼이 된 캐리는 얼마든지 소설의 엑스트라였던 캐리와 동일 인물이 될 수 있어."

"버추얼 휴먼을 인간이라고 생각해 봐. 누군가 너한테 실제로 경험하지 않은 일을 머릿속에 쑤셔 넣고, 그게 너의 경험이라고 하면 과연 그게 네 것이 될까?"

"버추얼 휴먼은 인간이 아니잖아."

"뭐가 달라? 인간도 주변 사람들과의 관계로 인격이 형성돼. 이 세계도 누군가 만든 버추얼 세계고, 너도 버추얼 휴먼일 수도 있어."

"무슨 말도 안 되는……. 너 음모론 추종자야?"

"중요한 건 꼭 눈에 보이지 않는 법이야."

정진은 자리에서 일어나 태블릿 피시를 가방에 재빨리 집어넣더니 내 쪽으로 시선 한 번 돌리지 않고 교실 문밖으로 나가 버렸다. 나는 채 닫히지 않은 교실 문을 멍하니 보고 있다가 소리를 질렀다.

"재수 없어!"

하필이면 내가 제일 좋아하는 『어린 왕자』속 글귀로 펀치를 날리다니.

'두고 봐라. 내가 어떻게든 공책 찾고 계약서에 사인도 하게 할 거야. 캐리를 버추얼 휴먼으로 만드는 게 38호를 속이는 거라고? 그게 아니라는 걸 보여 줄게.'

나는 아랫입술을 꽉 깨물고 교실을 나왔다. 운동장을 가로질러 걷는 내내 정진이 한 말이 자꾸만 되살아났다. 분한 마음을 다스리며 버스 정류장에 서 있는데, 휴대폰의 일정 알림이 울렸다. 38호와의 인터뷰가 예정되어 있었다. 리얼 컴퍼니가 38호와 캐리의 만남에 기대를 걸고 준비한 이벤트였다. 말이 이벤트지, 사실 전 유저 앞에서 중간 발표를 하라는 뜻이었다. 하지만 아무런 성과가 없는 나는 무슨 말을 해야 할지 몰라 마음이 한층 더 무거워졌다.

'서버 안 터지나? 그럼 38호를 만나지 않고 넘어갈 수 있을 텐데.'

나는 집에 도착해서 느릿느릿 태블릿 피시를 켰다. 간절한 내 바람과는 달리 로그인 창은 매끄럽게 넘어갔고 나는 곧 리얼 월드의 광장 한가운데 섰다. 광장 한가운데 설치된 모니터 중 한 대에서 38호의 일상이 송출되고 있었다. 캐리를 언급하기 전에는 광장 모니터에 38호의 영상이 나오려면 한참을 기다려야 했고, 나온다고 해도 눈 깜짝할 사이에 지나가 버렸다. 광장 모니터는 인기도가 높은 액터의 영상을 우선으로 내보냈다. 38호의 인기도가 높아진 것이 실감이 났다.

영상 속 38호의 일상은 더없이 평범했다. 아침에 아르바이트하러 나가서 편의점을 들렀다가 집에 돌아와 샤워를 하고 식사 준비를 했다. 식사가 끝나면 거실로 나와 베란다 창 쪽을 바라보고 책상다리를 하고 앉았다. 그리고 노을로 물드는 베란다 밖 하늘을 한참이나 바라보았다.

'38호도 슬픈 걸까.'

어린 왕자는 마음이 슬퍼질 때면 해가 지는 걸 보고 싶어진다고 했었다. 나도 38호처럼 해가 지는 풍경을 바라보고는 했다. 엄마를 따라 스웨덴으로 간 후에도 버릇처럼 해가 질 때면 노을을 봤다. 창밖 하늘에 노란빛과 붉은빛이 뒤섞일 때면 숲속 집에서 보던 풍경이 떠올랐다. 그럴 때마다 궁금해졌다. 아빠도 혼자 노을을 보고 있을까.

사이버 세계를 유지하기 위해 필요한 것은 훌륭한 모델링 기술이나 버추얼 프로그램만이 아니다. 거짓을 진실로 만드는 것은 서로의 약속이며, 그 약속 위에 환상이 존재하게 된다. 그렇게 거짓 속에서 현실이 된 환상은 때로 경계를 허물고 진심이 되어 몰려온다. 38호는 누구와의 교감으로 해가 질 때 노을을 보게 된 걸까. 해가 지는 창밖을 바라보는 38호의 기다림은 38호만의 것일까, 아니면 슬픔을 다스리며 누군가를 기다려 온 수많은 사람의 것일까.

'38호의 기다림조차 거짓으로 만드는 일이라고?'

버추얼 휴먼이 된 캐리를 38호와 만나게 하지 않는 게 좋은 걸까. 그런 생각이 떠오른 순간 나는 양 손바닥을 쫙 펴서 내 뺨을 때렸다. 하마터면 정진이 한 말에 넘어갈 뻔했다.

나는 모니터에서 눈을 떼고 38호의 집으로 향했다. 내가 38호와 마주 앉자 상태 창에 '매니저 인터뷰 송출 ON'이 표시되었다. 그와 동시에 유저들의 반응이 실시간으로 올라

오기 시작했다. 내 앞에 앉은 38호의 기대에 찬 표정과 밀려드는 채팅이 무슨 말이든 하라고 나를 떠밀었다. 나는 지금의 상황을 털어놓을 수밖에 없었다. 부디 유저들이 이 상황을 이승연 팀장의 말처럼 사랑의 역경으로 받아들여 주기를 바라면서 말이다.

"캐리를 만나지 못할 수도 있다고요?"

38호는 믿을 수 없다는 듯 몇 번이고 중얼거렸다. 나는 38호에게 캐리가 다른 작품의 조연 출연을 고려 중이며, 역에 몰입하기 위해 이전에 엑스트라 활동으로 접촉했던 38호와의 만남을 망설이고 있다고 전했다. 물론 꾸며 낸 이야기였다. 액터에게 데이터가 어쩌고 할 수는 없는 노릇이니까. 액터는 사람이 아니고, 리얼 월드는 진짜 세계가 아니다. 나와 38호는 내가 접속을 종료하는 순간 서로 만질 수도 없는 존재가 된다. 그러나 리얼 월드 안에서만큼은 그들은 진짜이기에 38호가 인간이 아니라는 사실을 일깨울 수 있는 말이나 행동은 금지다.

"어쩌면 캐리의 프로듀서는 만날 수 있을지도 몰라요."

성사되지 않을 가능성이 더 높지만요. 그 말을 슬쩍 뺄 수밖에 없었던 건 유저들의 반응 때문이었다. 캐리의 프로듀서, 라는 말이 송출되기 무섭게 유저의 반응이 폭주했다.

—대박. 캐리의 부모 등장?

—꼭 만나 보고 싶어!

38호는 한참을 대답 없이 앉아 있다가 고개를 끄덕였다.

"대신, 한 가지 부탁이 있습니다."

"부탁이요?"

"예. 나중에라도 캐리가 어딘가에 출연한다면 그 작품을 꼭 제 작품 옆에 진열해 주세요. 직접 만날 수는 없어도 그렇게라도 그녀를 느끼게 해 주십시오."

"노력해 볼게요."

접속 종료. 리얼 월드에서 나오자마자 수진에게서 전화가 걸려 왔다.

"나 방송 봤어! 세상에, 38호 진짜 멋져. 그녀를 느끼게 해 달라니. 커뮤니티도 난리 났어. 마이야, 너 정진 만났어? 어때? 완전 멋질 것 같아. 나도 꼭 한 번 만나 보고 싶어. 프로듀서와의 만남 진짜 성사되는 거야?"

수진의 흥분한 목소리가 귓가에서 떨어지지 않던 정진의 말을 씻어 내 주었다.

'38호는 캐리를 만나고 싶어 해. 어떠한 형태로든.'

정진이 어떤 말을 해도 그것만이 확실한 사실이었다. 내가 어떻게든 공책을 찾고 싶은 것처럼 38호에게는 캐리를 만나고 싶다는 마음이 저주만큼 강한 것일 수도 있다.

그러니, 나는 저주를 풀 것이다.

'정면으로 부딪히면 또 싸우기만 하겠지?'

정진을 설득할 수 있는 작전을 생각해야 했다.

*

"재 또 왔네. 진짜 얼굴 두껍다. 남의 학교를 맨날 들락거리네."

"정진 만나러 오는 거라며? 그 괴짜 어디가 좋아서."

사람들의 소곤거림을 뒤로 하고 당당한 발걸음으로 인화 고등학교 운동장을 가로질렀다.

'좋아하는 거 아니거든? 작전이라고, 작전.'

정진을 설득하기 위해 내가 생각해 낸 작전은 '길들이기'였다. 매일 같은 시간에 찾아가되 정진이 먼저 말을 걸기 전까지는 절대 말을 걸지 않는 것. 이게 무슨 작전인가 싶지만 다른 뾰족한 수가 없었다. 그래서 어릴 적 친구인 『어린 왕자』의 여우의 말을 믿어 보기로 했다. 여우가 그러지 않았던가. 매일 같은 시간에 찾아가서 길들이면 언젠가는 넘어올 거라고. 여우의 말을 내 멋대로 해석해서 무작정

남의 학교에 매일 찾아갈 정도로 나는 절실했다.

오늘은 작전을 실행한 지 일주일째 되는 날이었다. 첫날, 정진은 나를 보자마자 교실을 나갔다. 나는 아랑곳하지 않고 빈 교실에 한 시간쯤 앉아 있다가 돌아왔다. 둘째 날도, 셋째 날도 그랬다. 넷째 날부터 정진은 교실을 나가지 않고 자리에 앉아 태블릿 피시에 무언가를 끄적거렸다. 가끔 정진이 나를 힐끔거리는 것이 느껴졌지만 그렇다고 내게 말을 걸지는 않았다. 나도 정진에게 말을 걸지 않았다.

'이쯤 되면 말 한마디라도 걸 만한데, 진짜 고집 세네.'

정진도 느끼고 있던 것인지도 모른다. 먼저 말을 거는 쪽이 진다는 것을. 공책만 찾아도 된다면 굳이 이런 번거로운 방법을 쓰진 않았을 것이다. 내가 아빠의 딸이라는 걸 증명할 방법은 얼마든지 있고, 정진이 공책을 받은 적 없다고 우기면 요양원에 끌고 가서 사람들에게 증언해 달라고 할 수도 있었다. 꽤나 질척질척한 감정싸움이 될 테지만 공책을 돌려받을 수는 있을 터였다. 하지만 그러고 싶지 않았다. 38호를 캐리와 만나게 해 주고 싶기도 했지만 정진과 감정싸움을 하고 싶지 않았다. 정진은 내가 모르는 아빠의 모습을 알고 있었다. 정진에게 듣고 싶은 이야기가 잔뜩 있었다. 하지만 이대로 가다가는 스쿨 토너먼트 기간을 넘겨

버릴지도 모른다.

한숨을 쉬며 문학부실 문을 연 순간, 찢어진 흰 종잇조각이 하얀 눈처럼 흩날렸다. 교실 안에 종이가 마구 날아다니고 있었다. 바닥에는 표지에 발자국이 난 책 서너 권이 널브러져 있었고, 정진은 바닥에 쪼그려 앉아 종이를 줍고 있었다. 무슨 일이 있었는지 보지 못했지만 짐작할 수 있었다. 나도 교실로 들어가 종이를 주웠다.

"계속 와 봤자 소용없어. 내 생각은 안 바뀌어."

나는 정진을 바라봤다. 정진도 나를 보고 있었다. 서로 시선이 마주친 것은 내가 이 교실에 처음 찾아왔던 날 이후 처음이었다. 적의만 가득하던 눈빛도, 말투도 누그러져 있었다.

"소용없긴, 넌 점점 나를 기다리게 될걸. 내가 오후 네 시에 오면, 세 시부터 긴장할 거 아냐. 그래도 나 참 착하지 않니? 네가 마음의 준비를 할 수 있게 아무 때나 찾아오지는 않잖아."

나는 『어린 왕자』에 나오는 문장을 슬쩍 바꾸어서 정진에게 농담을 던졌다. 이제껏 내 주변에는 이 농담을 이해하는 사람이 없었다. 『어린 왕자』는 고전충이나 읽는 거니까. 하지만 정진은 알아들었을 거다. 『어린 왕자』 속 문장을 이용해서 나를 비꼰 건 정진이 먼저였다. 내 예상대로 정진은 피식 웃었다.

"그 좋은 대사를 그렇게 바꾸냐. 내가 제일 좋아하는 대산데."

"난 '길들인 것에 대해 언제까지나 책임을 져야 하는 거야.'라는 대사가 더 좋아."

나는 널브러져 있던 책을 주워 정진에게 건넸다. 정진은 책을 받아 손바닥으로 툭툭 표지를 털었다.

"문학부라곤 해도 회원이 없으니까 부실을 받은 걸 못마땅하게 여기는 애들이 있어. 글을 쓴다는 것 자체를 이상하게 생각하는 애들도 있고. 네가 봐도 이상하지? 인공지능 소설만 팔리는 시대에 글을 쓰는 사람이라니. 하지만 꽤 있어. 여전히 작가를 꿈꾸는 사람."

"알아, 우리 아빠도 글을 썼거든."

책을 털던 정진의 손이 일순 멈췄다.

"네 아버지가 글을 썼어? 어떤 거?"

약간 열린 창문 틈으로 불어 들어온 바람에 정진의 손에 들린 책 몇 장이 팔락팔락 소리를 내며 넘어갔다. 이 순간을 놓치면 다시는 기회가 오지 않을 것이라는 예감이 들었다. 나는 내 머릿속을 떠돌던, 한 번도 입 밖으로 꺼내 본 적 없던 문장을 소리 내어 읊었다.

"삶은 어지러이 변하는 듯 보이나 자락을 베어 내어 안을 들여다보면 변하지 않는 무언가가 있음을, 소녀는 알았다."

입 밖으로 나온 문장이 정진과 나의 틈을 메웠다. 나는 한 발 더 정진에게 가까이 다가가 섰다. 정진은 메두사를 보고 돌이 된 사람처럼 조금도 움직이지 않았다.

"우리 아빠 알지? 그 공책, 나한테 주지 않을래? 난 아빠의 저주를 풀어야 해."

정진은 뒷걸음질했다. 내가 다가갔던 만큼의 거리가 다시 생겨났다. 역시 틀린 걸까, 눈물이 나올 것 같아서 두 눈을 꽉 감았다.

"저주가 아냐."

정진이 내 손을 붙잡는 바람에 눈을 떴다. 어디서 꺼낸 것인지 정진의 손에 공책이 들려 있었다. 아빠의 책상 위에 놓여 있던 그 공책이 분명했다. 기억과 다른 것이라면 한 권이 더 있다는 점이었다. 공책 두 권이 끈으로 묶여 있었다. 정진은 공책을 내 손에 쥐여 주었다.

"무명작가는 한 번도 너를 저주한 적이 없어."

"무명작가?"

"네 아버지의 닉네임. 나와 아저씨는 온라인 게시판에서 처음 만난 사이야."

아빠가 인터넷 게시판에 글을 썼다니. 아빠와 단둘이 살았을 때 집에는 태블릿 피시는커녕 고물 컴퓨터 한 대도 없었다. 오직 종이에만 글을 썼던 아빠가 닉네임까지 만들었다는 게 믿기지 않았다. 내가 알고 있던 아빠의 모습은 어쩌면 극히 일부분이었던 것이 아닐까, 하는 생각이 처음으로 들었다.

"읽어 봐. 매일 들고 다닌 보람이 있네."

그토록 찾던 공책이 드디어 내 손에 들어왔지만 첫 장을 쉽게 넘길 수가 없었다. 정말로 나에 대한 원망이 가득 차 있으면 어쩌나 두려웠다. 하지만 넘기지 않으면 어떤 것도 시작되거나 끝나지 않을 터였다.

앞쪽에 묶인 공책의 표지에는 여자아이가 그려져 있었다. 나와 아빠가 함께 쓰던 공책이었다. 나는 종이의 끝자락을 잡고 세상에서 가장 무거운 것을 들어 올리기라도 하는 듯 인상을 쓰며 장을 넘겼다.

그러나 공책에는 아무것도 쓰여 있지 않았다. 다급히 장을 넘겼다. 저주가 되어 버린 문장 이후로 한 글자도 쓰여 있지 않았다. 두 번째 공책을 살폈다. 표지에는 검은 연기

같은 것이 그려져 있었다. 첫 장을 넘기자 빼곡하게 글씨가 쓰여 있었다. 나는 두 번째 공책에 쓰인 글을 읽어 나갔다. 여자아이의 이야기는 그곳에서 이어지고 있었다.

여자아이는 숲속 집에서 혼자 살고 있던 게 아니었다. 여자아이는 검은 괴물과 함께 살고 있었다. 검은 괴물, 그는 숲속 집에서 나가지 못하는 존재다. 그렇기에 검은 괴물은 여자아이가 울타리를 넘지 않기를 바란다. 울타리 너머에는 무서운 것이 있다고 겁을 준다. 혼자가 되고 싶지 않아서. 여자아이가 울타리를 넘으면 다시는 만나지 못하게 될 것 같아서.

그러던 어느 날, 괴물은 산의 경계에 서 있는 여자아이의 긴 그림자를 보고 깨닫는다. 이대로 자신과 함께 있으면 여자아이도 집 안에 갇힌 검은 괴물이 되어 버릴 것이다. 검은 괴물은 입을 다문다. 여자아이를 부르면 그것이 저주가 되어 여자아이를 묶어 버릴 것만 같다.

마침내 산이 요란하게 울던 날, 여자아이는 산의 경계선을 넘는다.

"그 글 속 여자아이의 이름이 캐리야."

정진의 말에, 나는 공책에서 눈을 떼고 되물었다.

"캐리?"

"그게 내가 캐리의 저작권을 넘길 수 없다고 말한 이유야. 아저씨가 내게 공책을 주면서 부탁했어. 여자아이의 이름을 지어 주고, 그 아이가 어른이 된 이야기를 써 달라고. 여자아이의 모델이 딸이라고 했어. 계속 읽어 봐, 2부에서는 여자아이가 세계 곳곳을 여행해. 집을 떠난 딸이 그런 경험을 했으면 좋겠다는 마음으로 썼대. 사실 여자아이가 어른이 된 이야기도 직접 쓰고 싶었는데 기억 속의 딸이 늘 어린아이라 잘 쓸 수가 없었대."

나와 아빠가 함께 적어 내려 갔던 이야기의 여자아이가 캐리였다니, 어안이 벙벙했다.

"그래서 내가 어른이 된 여자아이의 설정을 정리했어. 그걸 동생이 이벤트에 멋대로 제출한 거야. 그 설정만 놓고 보면 내 창작물이지만 캐리는 아저씨가 만든 인물이잖아. 아저씨가 내게 부탁한 글은 시작도 못 했는데 버추얼 휴먼으로 만드는 게 내키지 않아. 그건 뭐랄까, 아저씨를 배반하는 것 같아."

나는 두 번째 공책 표지에 그려진 그림을 어루만졌다.

"검은 괴물, 이건……."

"아저씨는 자기가 그 괴물이라고 했어. 아저씨는 집을 기준으로 일정 범위를 벗어나면 죽을 듯이 불안했다고 하더라. 딸이 멀리 갈까 봐, 그것도 불안했대. 하지만 딸이 산에서 길을 잃어버린 날 깨달았대. 자기는 딸에게 무슨 일이 생겨도 제대로 찾으러 가지도 못하는 한심한 아버지라는 것을. 그래서 경찰이 딸아이를 학대했냐고 물었을 때 변명도 하지 못했대. 딸이 자기 옆을 떠나서 엄마와 사는 편이 낫다고 생각해서 일부러 말을 안 한 거지."

표지에 그려진 검은 괴물이 현관에 서 있던 아빠의 모습과 겹쳐 보였다.

"말을 해야 알지."

"이야기를 완성하면 연락하려고 했다는데, 그러다 몸이 안 좋아져서……. 나에게 공책을 꼭 전해 달라고 했어. 그 딸의 이름이……."

하마이. 정진과 나는 거의 동시에 내 이름을 말했다. 나는 정진을 흘겨보았다.

"너한테 보낸 메일에 명함 첨부되어 있었을 텐데."

"미안, 못 봤어."

"그래서 넌 어른이 된 캐리의 이야기를 썼어?"

"아니, 계속 노력했지만 한 줄도 쓰지 못했어. 나, 꽤 오랫동안 아무것도 쓰지 못하고 있어. 나야말로 저주에 걸린 기분이야."

정진의 표정에 쓸쓸함이 감돌았다.

"그래서 좀 무섭기도 해. 네가 그 공책을 가져가면, 그 빈 장을 채우지 못한 채 끝이 나면 영영 아무것도 쓸 수 없게 될까 봐."

나는 다시 첫 번째 공책을 펼쳤다. 아빠가 내게 남긴 이야기는 저주가 아니었다. 오히려 나의 죄책감이 만들어 낸 저주를 푸는 열쇠였다. 그렇다면 정진도 저주에 걸린 것은 아닐 것이다.

"변하지 않는 무언가가 있음을, 소녀는 알았다."

변하지 않는 무언가. 그것이 이 공책 안에 있었다. 나는 문장이 적힌 종이를 손바닥으로 쓸었다.

"네가 그랬지. 캐리가 버추얼 휴먼이 되면 38호가 만났던 캐리와 같은 인물이 될 수 있는 거냐고. 그래, 똑같지 않을 수도 있어. 하지만 소설을 읽을 때 나는 그 안의 인물을 진짜 내 친구라고 생각했어. 살아 있는 사람이든 아니든, 내가 그들과 진짜 만났든 그런 건 중요하지 않았어. 그러니까 버추얼 휴먼이 된 캐리를 어떻게 받아들일지는 38호에게 맡길 일이야. 그 선택권조차 주지 않는 게 훨씬 잔인한 일이라는 생각은 안 해?"

"……"

"내가 한 가지 제안할게."

여우가 말했다. 길들인다는 건 서로에게 책임을 지는 거라고. 그러니 나는 정진에게 책임이 있다. 정진이 나처럼 무사히 저주에서 벗어날 수 있도록 도울 것이다. 무엇보다 내가 만나고 싶었다. 어른이 된 캐리를.

*

"다음은 리얼 컴퍼니의 새로운 프로젝트에 대한 소식입니다. 리얼 컴퍼니가 인공지능과 인간의 릴레이 소설로 화제를 몰았던 시리즈의 두 번째 작품 예약 구매를 시작했습니다. 버추얼 휴먼인 38호의 순애보적 사랑이 세간의 관심을 받으며 시작된 이 시리즈는 남자의 시점에서 쓰인 작품은 인공지능이, 여자의 시점에서 쓰인 작품은 사람이 쓰는 릴레이 형식으로 진행되어 큰 주목을 받았습니다. 리얼 컴퍼니가 작가로 사람을 기용해서 리얼 월드 시리즈를 낸 것은 이번이 처음입니다. 출판계에 새바람을 몰고 왔다는 평을 받는 리얼 월드 시리즈인 만큼, 그 변화에 많은 사람이 주목하고 있습니다. …… 저작권 협의 과정에서 캐리의 원작자가 작가로 참여한 것이 아닌가 하는 예측이 가장 많았죠. 인공지능이 소설 산업에 본격적으로 투입되던 때, 사람과 한 팀으로 작업했던 형식을 떠오르게도 하는데요. 일부 업계에서는 이것이 비용 상승을 불러온다는 점에서 기술의 후퇴이자 무의미한 시도라 비난하기도 했습니다. …… 이 시도로 사람이 쓴 소설은 무조건 '고전'이라고 생각하던 인식에 확실히 변화가 생긴 것 같습니다. 작가가 다시 직업군 중 하나로 되살아나는 것 아니냐는 예측도 나오고 있습니다."

툭. 목덜미에 차가운 것이 닿았다. 깜짝 놀라 뒤돌아보니 수진이 콜라를 들고 서 있었다. 나는 듣고 있던 뉴스의 볼륨을 줄였다.

"여름방학 첫날부터 일 관련 뉴스를 보고 싶니, 넌?"

"반응이 궁금하잖아. 그래도 예전처럼 욕하는 사람은 없는 것 같아."

나는 수진이 내미는 콜라를 받아 들었다. 수진과 나는 여름방학을 맞아 야외 콘서트를 보러 나왔다. 콘서트가 진행될 무대 앞 광장은 여기저기 자리를 깔고 즐기는 사람들로 북적였다. 그중에는 종이책으로 출간된 38호의 소설을 읽고 있는 사람도 있었다.

3개월 전, 38호를 주인공으로 한 소설이 출간되었다.

38호는 이전 시리즈와 다르게 38호가 그대로 이름이 되었다. 완벽한 세계에 살고 있는 38호가 우연히 불완전한 세계의 캐리를 보고 사랑에 빠진다는 이야기. 38호가 자신이 사는 완전한 세계를 벗어날지 갈등할 때 캐리가 38호의 세계로 찾아오면서 이야기는 끝이 난다.

"나도 38호 소설 읽었는데, 엄청 재미있었어! 사람들 다 캐리의 숨겨진 이야기 엄청 기대하고 있어. 얼마나 멋진 과거를 가진 여자이기에 38호가 한눈에 반했을까?"

"수진아, 잠깐만. 다시 한번만 말해 줄래? 녹음 좀 하게."

나는 수진의 들뜬 목소리를 녹음한 뒤 보이스 채팅을 켰다. 긴 신호음이 울린 뒤에야 여보세요, 하는 정진의 목소리가 흘러나왔다. 누가 들어도 피곤에 찌든 목소리였다.

"선물이야, 받아."

나는 수진의 녹음된 목소리를 정진에게 전송했다. 정진이 파일을 클릭했는지 전화기 건너편에서 수진의 목소리가 다시 흘러 들어왔다.

"뭐야, 나 부담 주려고 작정하고 보낸 거냐?"

"격려해 주려고 보낸 거야. 작가에게는 독자의 응원이 제일 큰 원동력이라길래."

"누가 그랬는데? 어떤 인공지능이? 네 주변에 글 쓰는 인간 나 하나잖아."

정진은 지금 캐리의 이야기를 쓰는 중이었다. 나흘 전에 통화했을 때는 이걸 써도 누가 읽겠냐며 땅을 팠다. 글이 잘 풀리지 않는 모양이었다.

"역시 네 제안을 거절해야 했어."

첫 번째 공책을 정진에게 양도하는 대신, 리얼 컴퍼니와 계약을 맺고 어른이 된 캐리의 이야기를 쓸 것. 이게 내가 정진에게 한 제안이었다. 정진은 쓰지 못해서 괴롭다고 했다. 그 저주를 풀기 위해서는 쓸 수밖에 없는 상황을 만드는 것이 제일 좋다고 생각했다.

"네가 하도 겁을 내니까 내가 공동 저작권자도 돼 줬잖아."

"됐다, 끊자. 어쨌든 고맙다, 선물."

뚝. 전화가 끊겼다. 수진이 눈을 반짝이며 물었다.

"누구야? 네 남자 친구?"

"아니, 네가 그토록 기다리는 38호 소설 속편 쓰는 작가."

내 대답에 십여 분 동안 수진의 주접이 이어졌다. 그럼 내 응원이 진짜 작가에게 전해진 거야, 대박, 사람이 작가면 만났을 때 더 흥분될 것 같다……. 길고 긴 수다가 끝난

건 수진의 커피 잔이 텅 빈 덕분이었다. 나는 수진이 커피를 다시 받으러 가자 챙겨 온 책을 펼쳤다. 책장을 대여섯 장 넘겼을 때 수진이 돌아왔다. 수진은 평정심을 찾은 상태였고, 나와 수진의 대화도 다시 시작되었다.

"마이 너, 액터 디자인에도 참여했다던데 진짜야? 어떤 캐릭턴지 살짝만 알려 주면 안 돼? 절대 외부에 유출 안 할게."

"제안서만 냈어. 가족 설정으로 두 명."

내가 낸 제안서가 통과되면 리얼 월드에 '리틀 캐리'가 살게 된다. 리틀 캐리는 숲속 집에서 혼자 지내다가 열여덟 살이 되면 아빠를 만난다. 내가 아빠와 어린 시절을 함께 보내지 않고, 지금 내 나이쯤에 재회해서 함께 살게 된다면 두 사람은 어떤 모습으로 지낼지 궁금했다.

"그나저나 뭘 그렇게 열심히 읽어? 재미있어?"

나는 읽고 있던 책을 손바닥으로 가볍게 쓸었다. 상자에 들어 있던 손때 묻은 작은 책. 표지에는 소년과 여우가 나란히 앉아 있었다. 둘은 함께 해가 지는 것을 보는 듯했다. 나는 그사이에 끼어 앉은 여자아이를 떠올렸다.

자락을 베어 내어 안을 들여다보면 변하지 않는 무언가가 있다. 약속과 환상으로 지탱되는, 코드로 이루어진 세계를 베어 안을 들여다보면 그곳 역시 그 무언가를 원하는 사람들의 열렬함으로 가득하다. 그런 점에서 소설도 게임도, 구현 방식은 다르지만 점 하나를 가지고 현실과 이어져 있는 게 아닐까.

마이야. 나를 부르는 아빠의 목소리가 들리는 듯했다.

나는 망설이지 않고 고개를 끄덕였다.

"응, 재미있어."

정진

✉ 작성자: J_J

습작 게시판이라니, 요즘도 이런 게시판이 남아 있는 줄 몰랐어요. 마지막으로 글이 올라온 게 3년 전이기는 해도 위안이 되네요. 3년 전에는 적어도 소설을 쓰는 사람이 있었다는 거잖아요.

나는 열여섯 살이고 소설을 씁니다. 내 주변에는 글을 쓰는 사람이 아무도 없어요. 반 애들은 나를 고전충이라고 부릅니다. 친구는 없습니다. 작년에는 그래도 대화를 나누는 애들이 몇몇 있었는데 올해는 누구와도 말을 섞지 않고 지내고 있습니다. 우리 반에 자칭 헌터라고 하는 애가 있는데, 그 애 때문에 반 분위기가 이상해요. 그 애는 버추얼 휴먼을 사냥하는데…… 아니다, 어차피 저와는 상관없어요. 버추얼 휴먼 따위 어떻게 되든 신경 쓰고 싶지 않아요. 질색이거든요, 인공지능이나 버추얼 휴먼 같은 거. 예전에는 사람이 소설을 쓰는 게 당연한 일이었다고 합니다. 인공지능이 이렇게까지 발전하지 않았으면 지금도 그랬겠죠.

집에서도 혼자이기는 마찬가지입니다. 아버지는 평소에 내가 뭘 하든 관심도 없으면서 꼭 내가 글을 쓸 때만 잔소리해요. 아버지는 프로그램 개발자인데, 이 세상에서 제일 쓸모없는 게 소설 같은 걸 쓰는 거래요.

혹시 『어린 왕자』라는 책을 아나요? 어린 왕자가 자기가 살던 별을 떠날 때 철새 무리의 발에 매달려서 나와요. 책에 작게 실려 있는 그 장면의 삽화를 저는 무척 좋아했습니다. 꼭 한 무더기의 풍선에 매달려 나는 것 같았거든요. 그걸 볼 때마다 아주 커다란 풍선에 매달려 하늘로 떠오르는 상상을 했어요. 풍선에 매달려서 아주 멀리, 떠내려가듯 하늘을 날아 이곳이 아닌 어딘가로 갔으면 좋겠다고 생각했죠. 그 어딘가는 내가 처음부터 만들어 갈 수 있는 나만의 세상이면 좋겠다고.

하지만 현실에서 그런 일 따위 일어나지 않잖아요. 게임 안에서는 하늘도 날 수 있지만, 그건 내가 만든 세계가 아니잖아요. 아바타도 진짜 내가 아니잖아요. 그것들은 다 가짜잖아요. 그래서 나는 소설을 쓰는 게 좋습니다. 아직 한 편도 완성하지는 못했지만요.

어차피 이 글을 읽을 사람은 없겠죠. 그래도 어디에든 털어 놓고 싶었습니다. 안녕히 계세요. 이곳이 사라지지 않았으면 좋겠습니다.

*

헌터와 그 무리가 교실 뒤에 모여 서서 왁자지껄 떠들고 있다.

“이게 새로 나온 휴대용 핑거 센서야?”

“그래, 버추얼 게임의 촉감까지 완벽 재현! 출시 초기라서 비싸더라. 아이템 다 팔아서 간신히 샀어.”

제일 목소리가 큰 아이가 헌터, 박서형이다. 반에서 키와 몸집이 제일 큰 아이. 공부며 게임이며 모든 걸 잘하는 아이. 박서형을 예뻐라 하는 담임은 모른다. 박서형이 반에서 무슨 짓을 하고 있는지를.

“들었냐? 리얼 컴퍼니에서 게임 출시 준비 중이라더라.”

“걔네가 무슨 게임을 내든 엑슨을 이기겠어? 뻔한 컨셉 갖고 백 번 나와 봤자 버추얼 휴먼 사냥을 이길 순 없지.”

“이젠 버추얼 휴먼 훼손 허가도 안 내주잖아. 헌터 엑스를 뛰어넘는 게임은 앞으로 나올 수가 없어."

"버추얼 휴먼 침해 어쩌고 하는 거 웃기지 않냐? 진짜 인간도 아닌데 왜 죽이면 안 된다는 건지 모르겠어."

박서형은 핑거 센서를 손가락에 끼더니 히죽 웃었다.

"핑거 센서 테스트 해 봐야지. 슬슬 타깃 바꿀 때도 됐잖아?"

박서형의 말에 소란스럽던 반이 일순 조용해졌다. 타깃이었던 아이의 얼굴에는 은근한 기대감이 감돌고, 다른 아이들은 빠르게 서로의 눈치를 살폈다. 나도 긴장되기는 마찬가지였다. 박서형이 타깃을 정하는 데는 딱히 기준이 없었다. 나는 애써 박서형의 무리를 무시하고 책상 위에 올려 둔 태블릿 피시에 낙서를 끼적거렸다.

사냥형 RPG 중에는 버추얼 휴먼 훼손 허가를 받은 성인 등급의 게임이 있었는데, 버추얼 휴먼에 대한 보호 조례가 제정된 후 버추얼 휴먼에 대한 폭력도 범죄라는 인식이 확산되면서 대부분이 서버 종료를 발표했다. 하지만 몇몇 게임 회사는 버추얼 휴먼을 폭력 대상으로 이용하는 게임을 꿋꿋이 운영 중이었고 그 중 엑슨의 '헌터 엑스'는 게임 내 버추얼 휴먼을 홀로그램 모드로 불러내는 서비스를 제공하는 것으로 다수의 마니아를 보유하고 있었다.

학기 초부터 박서형은 자신을 헌터라 칭하면서 교실에서 '헌터 엑스'의 시스템으로 사냥 시뮬레이션을 벌이며 따돌림을 주도하고 있었다. 일단 반 아이 중에서 타깃을 한 명 정하고 게임 속 버추얼 휴먼의 얼굴을 타깃과 비슷하게 커스텀 한 뒤, 교실에 홀로그램으로 불러냈다. 그리고 모델이 된 당사자 앞에서 그와 똑같이 생긴 버추얼 휴먼을 괴롭혔다. 개처럼 짖어 보라고 시키고, 옷을 벗겨 춤을 추게 하고, 목줄을 채워 기어 다니게 했다. 타깃이 된 아이가 그만하라고 화를 내도 소용이 없었다. 그렇게 한 달쯤 지나자 이상한 일이 벌어졌다. 타깃이 된 아이는 마치 자신이 폭력을 당한 것처럼 박서형에게 움츠러들게 되었다. 반에서도 그 아이를 무시하는 분위기가 형성되었고, 몇몇은 박서형이 버추얼 휴먼에게 했던 것처럼 폭력적인 말투를 사용하거나 손찌검하는 시늉을 하기도 했다.

"이거야말로 진짜 게임이지."

박서형은 버추얼 휴먼을 불러낼 때마다 그렇게 말하며 웃었다. 타깃이 된 아이의 고통도 박서형에게는 게임일 뿐이었다.

수업 시작을 알리는 음악이 울렸다. 내 옆을 지나 자리로 돌아가던 박서형이 갑자기 내 뒤통수를 내리쳤다.

"고전충, 뭐 하냐? 또 소설인지 뭔지 쓴다고 설치고 있냐?"

학기 초, 나는 중고 거래를 통해 구하기 힘든 종이책을 손에 넣었다. 정식 출간된 소설이 아니라 작가가 개인적으로 엮어 낸 책이었다. 예전에는 소설을 쓰는 사람이 많아서 작가가 직접 책을 만들기도 했는데 그걸 독립 출판물이라고 불렀다. 책을 직접 만들다니 생각만으로 가슴이 두근거렸다. 조금이라도 빨리 받아 보고 싶어서 등굣길에 직거래로 책을 받고 학교 점심시간에 책을 꺼내 펼친 그때였다.

"고전충이다!"

박서형의 목소리였다. 그 뒤로 박서형은 내가 쉬는 시간에 뭐라도 써 보려고 태블릿 피시를 열면 깐죽거리며 시비를 걸었다. 이전에 나와 같은 반이었던 친구들에게 내가 소설을 쓴다는 걸 들은 모양이었다.

"하여간 난 이렇게 콘셉트질하는 새끼들이 제일 싫어. 야, 고전충. 너 솔직히 말해 봐. 애들 관심 끌려고 책 가져와서 읽고 이러는 거지?"

나는 대답하지 않았다. 괜히 대답했다가는 꼬투리만 잡힐 뿐이다. 박서형은 손에 힘을 줘 내 뒤통수를 아래로 꾹 밀었고, 나는 목에 잔뜩 힘을 주고 버텼다. 그때 교실 앞문이 열리고 박서형이 내게서 손을 뗐다.

"별것도 아닌 게."

박서형이 사라진 뒤에도 그 중얼거림이 계속 뒤통수를 짓누르고 있는 듯했다. 나는 풍선을 떠올렸다. 나를 이곳에서 벗어나게 해 줄 풍선. 펜을 집어 들고 태블릿 피시에 무엇이든 써 보려고 했다. 하지만 한 글자도 쓰지 못했다. 답답했다. 몸 안에 꽉 찬 답답함이 금방이라도 터질 듯 부풀어 올랐다. 예전에는 소설을 쓰면서 답답함을 가라앉혔다. 하지만 열여섯 살이 된 올해, 나는 무엇도 쓰지 못하고 있었다.

*

평소와 똑같지만 모든 게 다른 저녁 식사였다. 여느 때처럼 생선 한 토막과 밑반찬 몇 개가 담긴 도시락이지만 그걸 사 온 것이 아버지라는 점이 아무래도 수상했다. 아버지는 새로운 게임을 개발하느라 바빠서 근래 들어 거의 집에 들어오지 않았다. 동생은 아버지가 자신의 초등학교 졸업식에도 오지 않았다고 투덜거렸지만, 나는 아버지와 마주치는 일이 적어져서 좋았다. 그런 아버지가 도시락을 사 들고 와 굳이 동생과 나를 식탁에 불러 앉히다니, 무언가 속셈이 있는 게 분명했다.

"베타 유저로 참여하라고요?"

외계인이 현관문을 열고 들어왔어도 그렇게 당황하지는 않았을 거다. 나와 아버지는 다른 행성의 우주인처럼 서로를 이해하지 못했다. 아버지는 나를 볼 때마다 소설 같은 것 좀 그만 쓰라고 하고, 나는 아버지가 개발한 버추얼 게임에는 손도 대지 않았다. 그런데 베타 유저라니.

"형이 무슨 베타 유저를 해? 형 게임 안 하잖아."

"그래서 부탁하는 거야. 런칭 준비 중인 리얼 월드라는 게임이 있는데, 청소년 버추얼 휴먼을 생성하는 '틴에이지 프로젝트'에 대한 논의가 오가고 있거든."

아버지의 미간에 깊은 주름이 잡혔다. 미성년 버추얼 휴먼을 구현하기 위해서는 꽤 까다로운 법적 절차가 필요했다. 몇 년 전 십 대를 대상으로 삼은 성범죄자가 체포되었는데, 그가 사전에 미성년을 모델링한 버추얼 휴먼으로 실험을 했다는 사실이 드러났다. 그 사건은 당시 논의 중이던 미성년 버추얼 휴먼 생성에 대한 윤리법 제정에 불을 붙였다. 그 법의 제정 이후 미성년 버추얼 휴먼은 생성과 사용에 꽤 까다로운 규제가 붙었다. 물론 많은 게임 회사는 꼼수를 썼다. 아무리 봐도 외모는 미성년자이지만 실은 나이가 오백 살이라는 설정을 붙이기도 하고, 단순히 몸집이 작은 캐릭터라고 우기기도 했다.

그럼에도 굳이 그런 프로젝트를 진행하겠다는 이유가 뭘까 싶었다.

'어쩌면 아버지는 게임 안에 자신이 생각한 완벽한 자녀를 만들고 싶은 건지도 몰라.'

부탁한다고 하면서도 시선을 마주치지 않는 아버지에 나는 심사가 뒤틀렸다.

"청소년이라는 특성상 유동 변이성을 높게 잡았어. 그만큼 변수가 많이 생길 거라 일단 관계자들 가족 중에서 베타 유저를 모집하기로 했단다. 버추얼 게임 플레이 경험이 적고 버추얼 휴먼에 대한 편견이 적은 사람으로. 그래서 진이를 추천했다. 승인은 이미 났으니, 이틀 뒤부터 참여하면 돼."

한 달간 데이터베이스 수집을 위해 베타 유저와 버추얼 휴먼의 일대일 커뮤니케이션을 진행한다는 아버지의 말이 끝나자마자, 동생이 입을 비죽거렸다.

"형이 무슨 버추얼 휴먼에 대한 편견이 없어? 아빠는 모르겠지만 형, 학교에서 고전충으로 유명해. 재미있는 전자책이 얼마나 많은데 굳이 종이책 들고 가서 읽는다고. 애들 사이에서 유행하는 게임도 안 하고. 형 영상 표시용 렌즈는 커녕 안경도 써 본 적 없을걸. 형은 버추얼 휴먼 싫어해."

동생의 속셈이야 뻔했다. 동생은 나와는 다르게 게임 마니아였다. 출시 전 게임의 베타 유저, 그것도 관계자들만 참여하는 프로젝트에 참여하면 친구들에게 자랑거리가 생길 테니 어떻게든 자기가 하고 싶은 거였다. 반면 나는 버추얼 휴먼 테스트에 참여하고 싶은 마음은 눈곱만큼도 없었다. 하지만 동생이 내 학교생활을 아버지에게 날름 이르는 것이 얄미웠다. 게다가 그때까지 한 번도 나와 눈을 마주치지 않는 아버지의 태도에 오기가 생겼다.

'내가 엉망으로 굴면 버추얼 휴먼에게 제대로 된 데이터가 쌓이지 않겠지.'

아버지는 내가 소설을 쓰고 있는 걸 볼 때마다 말했다. 그따위 것을 써서 무슨 소용이 있냐고. 아버지도 당신이 만든 것이 그런 취급을 받는 게 어떤 기분인지 한 번은 느껴 봐야 하지 않을까. 순간의 복수심에 사로잡힌 대답이 내 입에서 튀어 나갔다.

"할게요."

내 말에 아버지의 미간에 잡혔던 주름이 살짝 열어진 것이 썩 달갑지 않았지만, 곧 왕창 구겨질 아버지의 표정을 상상하며 다시 한번 고개를 끄덕거렸다.

"그럼 내일 학교 끝나고 오후 다섯 시까지 회사로 와라. 아버지 회사 어디 있는 줄 알지?"

"모르는데요."

나는 젓가락으로 구운 생선의 등을 찔렀다. 현관문 도어록이 열리는 소리와 함께 어머니가 집 안으로 들어왔다.

"어머, 웬일로 당신이 나보다 먼저 왔어?"

어머니의 부산스러운 말소리가 나와 아버지 사이의 침묵을 메웠다.

"그래, 모르는구나."

"예."

진짜로 몰랐다. 나는 아버지의 일이, 아버지의 회사가 싫었다. 이전에는 사람이 소설을 쓰는 게 당연했다. 고작 오십여 년 전의 일이다. 인공지능이 처음 쓴 소설은 사람이 설정한 스토리라인에 따라 그럴듯한 문장을 생성하는 것이 한계라는 평을 받았다. 하지만 삼십여 년이 지났을 때 똑같은 잡지에 전혀 다른 논조의 기사가 실렸다. 인공지능 소설에 변화가 일어났다며 앞으로는 인공지능 소설이 주류가 될 것임을 예견하는 내용이었다. 그 기사 속 주인공이 리얼 컴퍼니였고 아버지는 그 회사의 창립 멤버였다. 한마디로 아버지는 사람이 소설을 쓰는 게 이상하지 않은 세계를 직접 없앴고, 나는 그 없어진 세계를 그리워하며 발버둥 치고 있었다.

"그럼 주소를 메일로 보내 주마. 안으로 들어오면 데스크가 있을 테니까 거기서 안내 받고. 미리 말을 해 놓으마. 담당 연구자가 안내해 줄 거야."

나는 대답하는 대신 젓가락 끝에 힘을 줬다. 생선 살은 젓가락 끝에서 너무나 쉽게 뭉개져 버렸다. 버추얼 멀미가 나면 어떻게 하지, 그제야 그런 게 걱정되었다.

*

🖂 작성자: 무명작가

제가 이 글을 봤습니다. 다시 글을 남겨 주세요. 저는 아직 사라지지 않았습니다.

"이곳이 버추얼 룸입니다. 테스트는 한 시간 동안 진행됩니다. 안에 들어가면 신체 정보 인식 후 자동 링크될 겁니다."

흰 가운을 입은 담당 연구자가 내게 영상 표시용 안경을 건네주었다.

"영상 표시용 장비에 익숙하지 않은 사람은 렌즈보다는 안경 쪽이 멀미가 덜 나서, 이걸로 준비했습니다. 중간에 어지럼증이 생기거나 하면 팔에 찬 시계의 버튼을 누르세요. 그럼 버추얼 모드가 종료됩니다. 종료한 뒤엔 시계를 여기, 기록판에 터치한 뒤 룸을 나가시면 됩니다. 터치를 해야 출입 기록이 남아서 실험 날짜 체크가 됩니다. 그밖에 궁금한 거 있나요?"

혹시 아버지가 내가 온 걸 알긴 하나요. 그렇게 묻고 싶었지만 그만뒀다. 내가 오는 날이라는 걸 알면서도 얼굴 한 번 비추지 않은 아버지였다.

"아뇨. 다 이해했어요."

"그럼 여기 개인정보 수집 항목에 사인하세요."

태블릿 피시에 사인을 하자 "테스트 시작하겠습니다."라는 말과 함께 버추얼 룸의 문이 열렸다. 사방이 하얀 룸에 들어서자 잠시 몸이 공중에 붕 뜨는 느낌이 몰려왔다가 사라졌다.

어느새 나는 교실 한가운데 서 있었다. 아이들 몇몇이 자리에 앉아 떠들고 있었고, 열린 창문 틈으로 바람이 불어 들어왔다. 양팔을 옆으로 길게 뻗자 내 쪽을 향해 걸어오던 아이가 팔을 통과해 지나갔다. 나는 의자에 걸터앉았다.

'아무리 진짜 같아도, 결국 가짜잖아.'

"못됐다. 그걸 꼭 그렇게 해야겠니?"

나만 있는 공간에 내가 아닌 사람의 목소리가 울려 퍼졌다. 나는 목소리가 들린 방향으로 고개를 돌렸다. 교실 뒷문에 여자아이 한 명이 기대어 서 있었다. 검은 머리카락을 하나로 올려 묶은 여자아이의 얼굴은 왠지 낯익었다. 여자아이는 내 쪽으로 걸어와 내 앞자리 책상에 걸터앉았다.

"연구원들도 못됐어. 아무리 분위기 연출용이라지만 같은 반 애들이랍시고 구현했으면 적어도 픽셀 고정은 해 놔야지. 됐다, 치워 버리자."

그 애가 손가락을 허공에 튕기자 교실 안을 돌아다니던 아이들이 전부 사라졌다. 주변을 두리번거리는 내게 그 애가 손을 내밀었다.

"나는 에이 원. 원이라고 불러. 틴에이저 프로젝트 첫 번째 모델이라서 원."

"나는 정진. 내가 뭐 하러 왔냐면……."

원은 조용히 하라는 듯 자신의 입술에 검지를 대 보였다.

"알아, 네가 처음이 아니거든. 이미 세 명 왔다 갔어. 그 애들을 통해 익힌 걸로 이 교실을 구현한 거야. 그리고 너는 여기 앉아서 아무것도 안 해도 돼. 그냥 시간만 채우다가. 아니면 머리 아프다고 하고 지금 당장 접속 끊고 나가든가."

원은 그렇게 말하고 책상에서 일어났다. 가만히 있다가 가라니, 그럴 수는 없었다. 나는 이 프로젝트를 실패하도록 만들어야만 했다. 나는 손을 뻗어 원의 팔을 잡았다. 방금 전처럼 내 손이 원의 팔을 통과하지 않을까 했지만 그런 일은 일어나지 않았다. 손에 느껴지는 팔의 감촉은 무척이나 선명했다. 그 선명함에 흠칫 놀란 나는 원의 팔을 슬그머니 놓았다. 원이 흐, 하고 웃었다.

"너 버추얼 휴먼 처음 보니? 게임 안 해?"

"게임은 하지 않지만 버추얼 휴먼은 봤지. 수업 시간에도 접하게 되니까……. 약간 놀랐어. 버추얼 휴먼은 보통 자기가 버추얼 휴먼인 걸 인식하지 못하던데. 현실감 내야 한다고 그렇게 설정한다고 들었어."

"뭘 모르네. 그거야 프로그램에 바로 적용한 경우지. 세계를 짜 놓고 거기에 맞추어서 코드를 세팅하는 편이 수고가 덜 드니까. 나처럼 베타 버전으로 데이터만 쌓는 상태에서는 적용되지 않아."

"그렇구나……. 그럼 나한테 아무것도 하지 말라는 이유는 뭐야?"

"너도 다른 애들이랑 똑같은 얘기만 할 것 같으니까. 그놈의 학교, 게임, 친구. 세 명이 어쩌나 똑같은 이야기만 하는지……. 이제 질렸어. 이거 말이야, 내 학습을 위한 거잖아. 평균적인 십 대의 데이터는 이미 차고 넘치게 학습했어. 더 이상 학습할 게 없다고. 그러니까 네 데이터는 필요 없어."

떠올랐다. 프로젝트를 망칠 최고의 방법. 나는 다시 원의 얼굴을 바라보았다. 역시 어디선가 본 것 같은 얼굴. 아마도 주변에서 한 번쯤은 본 '평균적인' 얼굴을 구현해 낸 것이리라.

평균적인 십 대의 데이터로 학습한 버추얼 휴먼이 이 프로젝트의 목표라면 평균적이지 않은 십 대의 데이터를 제공하면 된다. 그리고 그건 누구보다도 내가 잘 할 수 있었다. 전 세계의 십 대들이 가장 하지 않는 일 중의 하나가 독서였다. 전 세계의 독서율은 평균 3퍼센트고, 십 대의 독서율은 1.5퍼센트를 넘지 않았다. 그중에서도 사람이 쓴 책, 고전이라 불리는 책을 읽은 사람은 더욱더 극소수였다. 고로 내가 원에게 고전 소설 속 이야기를 해 주면, 원은 평균에 들지 않는 십 대의 데이터를 가지게 되는 셈이다.

"난 걔네가 한 거랑은 전혀 다른 이야기를 할 거야. 일단 앉아 봐."

원은 나를 의심스러운 눈빛으로 보며 자리에 앉았다.

"무슨 이야기?"

"혼자 살던 별을 떠나 사막에서 여우를 만난 아이의 이야기. 한 비행기 조종사가 사막에 불시착하면서 이야기는 시작돼."

나는 그렇게 『어린 왕자』의 이야기를 시작했다. 『어린 왕자』를 선택한 건 내가 가장 많이 읽은 고전이었기 때문이다. 보지 않아도 막힘없이 이야기할 수 있는 책이 그것 말고는 떠오르지 않았다.

나는 아주 천천히 이야기했다. 읽었던 책의 내용을 머릿속으로 떠올려서 다른 사람에게 이야기하는 건 생각보다 쉬운 일이 아니었다. 책에서는 삽화를 통해 쉽게 알 수 있었던 부분도 말로 풀어 내야 하는 것이 특히 힘들었다. 먼 옛날 조선시대 때 전기수는 이야기를 해 주고 돈을 받았다는 걸 역사책에서 읽은 적이 있었다. 그때는 고작 이야기하면서 돈을 받는다니 거짓말 아니냐고 의심했는데, 막상 해 보니 이 정도 노동 강도면 당연히 돈을 받아야지 싶었다.

"눈을 뜬 조종사는 깜짝 놀랐어. 왜냐하면……."

나는 크게 숨을 들이마시고 이야기를 멈췄다. 홀린 듯 나를 바라보고 있던 원이 꼴깍, 침을 삼켰다.

"왜? 왜 놀랐는데?"

원이 다급하게 물었다. 내게 아무것도 하지 말라고 말했던 때의 심드렁한 모습과는 전혀 다른 반응이었다. 나는 원의 말에 대답하지 않고 팔에 찬 시계를 보는 척했다.

"한 시간 다 됐네. 나 간다."

"야! 왜 놀랐는지는 마저 이야기하고 가!"

원이 소리쳤지만 나는 망설임 없이 접속 종료 버튼을 눌렀다. 교실 풍경은 금세 사라지고 나는 다시 현실로 되돌아왔다. 잠시간 멍하니 서 있다가 천천히 주변을 두리번거렸다. 버스 안에서 잠깐 졸다가 눈을 뜨면 종점인 것처럼, 시간이 평소와는 다르게 흘러간 듯 느껴졌다.

'버추얼 게임 자주 하는 애들은 이런 이상한 기분을 매번 느끼는 거야?'

아무래도 쉽게 적응될 것 같지 않은 감각이었다. 나는 시계를 터치하고 룸을 나왔다. 복도에는 아무도 없었다. 어딘가에 사람이 일하고 있기는 한 걸까 싶을 정도로 건물은 조용했다. 밖으로 나온 나는 버스를 타고 좌석에 앉아 이어폰을 껐다. 덜컹이는 버스 안에서 눈을 감고 앉아 있으니 자꾸만 원의 얼굴이 떠올랐다.

'잘난 척하더니, 내 이야기가 재미있긴 했나 보지.'

지금까지 원처럼 내 이야기를 재미있게 들어 준 사람은 없었다. 반 아이들은 내가 소설 줄거리를 이야기하면 고전충 왜 저러냐며 비웃기나 할 것이다. 동생도 마찬가지다. 동생은 어릴 때는 종종 내게 이야기를 해 달라고 조르기도 했지만, 게임에 푹 빠진 뒤로는 다른 아이들처럼 은근히 나를 무시했다. 엄마는 내가 책을 읽거나 소설을 쓰는 걸 못마땅하게 여기지는 않았지만 내 이야기를 들어줄 만큼 한가하지도 않았다. 아버지는……. 아버지와 마주 앉아 소설 이야기를 하는 건 도저히 상상조차 되지 않았다.

'내가 접속을 끊을 때의 표정이란…….'

동그래졌던 원의 눈가가 떠오르자 히죽, 웃음이 나왔다. 버스는 곧 내가 내려야 할 정류장에 도착했다. 집으로 향하는데 주머니 속 휴대폰에서 메시지 알림이 울렸다.

답변이 등록되었습니다.

현관에서 신발을 벗으며 액정을 터치했다. 얼마 전, 인터넷 검색을 하다가 게시판 하나를 발견했다. 홈페이지 메인 화면이고 뭐고 없이 그저 게시판 하나뿐이었지만 보자마자 미친 듯이 가슴이 뛰었다. '습작 게시판'이라는 게시판 제목과, 그곳에 올라와 있는 십여 편의 소설 때문이었다. 나 말고 누군가 소설을 쓰고 있었다니. 나는 게시판의 글을 한 편씩 읽어 나갔다. 마지막 소설을 읽고 나니 새벽 세 시였다. 평소에 하지 않던 짓도 하게 되는 게 새벽의 위력 아니겠는가. 나는 나에 대한 이야기를 게시글로 남겼다. 어차피 아무도 읽지 않을 걸 알기에 손 가는 대로 그동안 아무에게도 털어놓지 못했던 내 기분을 털어놓았다.

그 게시글에 방금 댓글이 달린 것이다. 나는 바로 방 안으로 뛰어 들어가 침대에 걸터앉았다. 크게 심호흡을 하고 손에 움켜쥔 휴대폰을 봤다. 잘못 본 게 아니었다. 내가 남긴 글 아래 댓글이 달려 있었다. '무명작가'라는 사람이 남긴 글. 나는 고작 두어줄 밖에 되지 않는 그 글을 몇 번이고 읽었다.

*

✉ 작성자: J_J

당신은 누군가요? 무명작가라고 불러도 되나요? 당신도 글을 쓰나요? 이 게시판에 있는 소설은 당신이 쓴 건가요? 혹시 당신이 이 게시판을 만든 건가요? 너무 많은 걸 물어봐서 미안합니다. 소설을 쓰는 사람과 댓글로라도 이야기를 나누는 게 처음이라서요. 당신 주변에는 당신 말고 소설을 쓰는 사람이 또 있나요? 당신은 혼자가 아닌가요? 아직 사라지지 않은 거죠?

뺨에 와 닿는 시선이 따끔했다. 그래도 나는 창밖에 시선을 고정한 채 고개를 돌리지 않았다. 리얼 컴퍼니를 찾은 두 번째 날, 버추얼 룸에 접속하자마자 나타난 원은 대뜸 말했다. 이야기를 계속하라고. 나는 그 말을 무시하고 창가에 앉아 입을 꾹 다물었다.

"치사하게 계속 이럴래?"

나를 노려보던 원이 손가락을 튕겼다. 그러자마자 내 발 아래 커다란 싱크홀이 생겨났다. 나는 의자에서 일어날 새도 없이 싱크홀 안으로 의자와 함께 곤두박질쳤다.

"뭐, 뭐야!"

팔다리를 버둥거려도 소용없었다. 점점 가속도가 붙는 추락에 비명이 터져 나왔다.

"이제야 말을 하네."

원의 목소리가 싱크홀 안에서 메아리처럼 울려 퍼졌다.

"네가 말하지 말고 가만히 있으라며!"

"역시 그 말에 꽁해서 그런 거구나."

"너 사과도 안 했잖아!"

싱크홀이 사라지고, 온몸을 짓누르던 속도감도 사라졌다. 정신을 차리니 나는 교실 바닥에 누워 팔다리를 휘젓고 있었다. 원은 그런 내 옆에 서서 나를 내려다보았다.

"미안했어."

"이런 상황에 사과해 봤자 진심으로 안 들려."

"진짜야. 자, 일어나."

원이 내게 손을 내밀었다. 나는 그 손을 무시하고 원을 노려보며 몸을 일으켜 앉았다.

"어떻게 한 거야?"

"여긴 내 세계니까 주변 풍경을 바꾸는 건 일도 아니지. 감각까지 어느 정도 재현할 수 있어. 너는 내 세계 안에 들어온 침입자잖아. 내가 원하지도 않는데 들어왔으니. 이 정도 사과로 만족해. 그럼 나도 널 침입자가 아닌 손님으로 대해 줄게."

"내가 왜 침입자야? 여긴 네 세계가 아니야. 내가 접속해야만 이 공간이 가동된다고. 내가 여기 오지 않으면 넌 없는 거나 마찬가지야."

내 말에 원은 피식 웃었다.

"착각은 자유라더니. 잘 생각해 봐, 정진. 네가 여기 접속하지 않아도 나는 엄연히 존재해. 리얼 컴퍼니의 슈퍼컴퓨터 안에는 내 데이터가 있어. 그리고 만약 그 데이터가 사라져도 나는 네트워크 어딘가를 흘러 다니고 있을 거라고. 한번 가동된 데이터는 인위적으로 삭제한다고 해도 그 조각까지 모두 없애는 건 거의 불가능에 가깝거든. 네가 오든 오지 않든 난 존재해. 그러니까 넌……."

원은 잠시 뜸을 들이며 나를 빤히 바라봤다.

"넌, 집주인이 주문도 안 했는데 피자 들고 찾아온 배달원인 셈이지."

"알았어, 갈게. 불청객이라 미안했다."

나는 교실 바닥에서 일어나며 접속 종료 버튼에 손가락을 가져갔다. 원이 그런 내 손을 붙잡았다.

"가지 마. 사과도 했잖아. 조종사가 왜 놀랐는지 빨리 이야기해 줘. 궁금해서 너 오는 것만 기다렸단 말이야."

"네트워크에 접속해서 찾아보지 그랬어?"

나는 못 이기는 척 의자를 끌어다 앉았다. 이야기해 달라는 원의 말에 솟아오르던 화가 슬그머니 가라앉았다. 원이 어깨를 으쓱였다.

"몇 가지는 검색해 봤어. 사막 같은 거. 왜 너보다 먼저 온 애들은 누구도 사막에 대해 이야기해 주지 않았을까?"

원이 가볍게 손뼉을 쳤다. 그러자 교실이었던 주변 풍경이 한순간에 사막으로 바뀌었다. 나는 낙타 등에 올라타 있었다. 지기 직전의 햇빛에 물든 모래는 지평선의 끝을 향해 흐르는 강처럼 보였다. 후덥지근한 바람이 피부로 훅 와 닿았다.

"저기 봐, 저쪽 남자."

내 옆에, 역시나 낙타의 등에 올라탄 원이 손가락으로 한쪽을 가리켰다. 나는 원이 가리킨 쪽을 보았다. 남자 한 명이 경비행기 앞에 주저앉아 있었다. 남자는 커다랗게 눈을 뜨고 앞을 바라보고 있었는데, 주변의 모래가 바람에 조금씩 움직이는 동안 미동도 하지 않아 오려다 붙인 그림처럼 보였다. 고글이 달린 비행용 모자에 붉은 스카프를 맨 모습이 『어린 왕자』에 나오는 비행사를 떠올리게 했다.

"남자가 왜 놀랐는지 이야기해 줘, 빨리. 안 그러면 저 사람 계속 저러고 있어야 해."

나는 남자의 얼굴이 궁금했다. 내가 가진 『어린 왕자』

책 삽화에는 어린 왕자의 얼굴은 그려져 있어도 비행사의 얼굴은 그려져 있지 않았다.

"목소리가 들렸거든. 아저씨 나 양 한 마리만 그려줘요, 하는 목소리. 아무리 들어도 어린아이의 목소리였지. 모래 말고는 아무것도 없는 사막 한복판에서 갑자기 아이의 목소리가 들리다니 귀신에라도 홀렸나 싶었지. 남자가 눈을 비비고 주변을 둘러보니 남자의 앞에 어린 소년이 서 있었어. 노랗고 곱슬곱슬한 머리카락을 가진 소년. 자신의 키만큼이나 긴 노란 목도리를 두르고 있었어."

내 목소리가 사막의 소리에 섞여 들어갔다. 원이 만들어낸 사막에서는 모래가 흐르는 소리가 마치 커다란 물고기가 강바닥을 스칠 때처럼 우수수 밀려들었다가 사라졌다.

'버추얼로 만든 풍경에 감동을 느낄 수도 있구나.'

나는 다른 아이들처럼 버추얼 게임을 하지는 않았지만, 수업 시간에 버추얼 피라미드를 본 적은 있었다. 하지만 그때 경험했던 사막은 이렇지 않았다. 물론 그때도 바람이나 더위는 모두 재현되어 있었지만, 이렇게나 내 마음을 울리는 풍경은 아니었다.

나는 한 소년이 노란 목도리를 바닥에 질질 끌며 남자에게 다가가는 것을 보았다. 내가 삽화에서 봤던 어린 왕자는 헐렁한 바지에 무릎까지 오는 장화를 신고 있었는데, 사막에 나타난 어린 왕자는 청바지에 초록색 반팔 티셔츠를 입고 있었다. 내가 처음 원을 만나러 왔을 때 입었던 옷차림이었다. 그제야 내가 원에게 사막을 어떻게 설명했는지 기억났다.

그때 나는 사막에 바람이 불면 물고기가 강바닥을 스치는 소리가 난다고 말했다. 『어린 왕자』에는 이런 구절이 없다. 소설에는 사하라 사막을 묘사한 문장은 나오지 않는다. 아마 작가는 소설을 읽는 사람 대부분이 사막이 어떤 풍경인지 알고 있다 생각했을 테니까. 하지만 원은 사막이 뭔지 몰랐고, 그래서 내가 설명해 줘야 했다. 그리고 원은 내 이야기를 토대로 사막을 만들어 낸 것이다. 나는 낙타에서 내려 남자와 어린 왕자 쪽으로 걸어갔다. 두 사람은 무대 위에서 연기를 멈춘 배우처럼 마주 본 채 꼼짝도 하지 않았다. 나는 어린 왕자 옆에 섰다. 어린 왕자의 얼굴은 어딘가 나를 닮은 듯 보였다. 고개를 돌려 비행사의 얼굴을 본 순간, 나는 흠칫 놀라 한 발 뒤로 물러섰다. 비행사의 얼굴은 어떻게 봐도 아버지였다.

원이 내 옆에 와 섰다.

"계속 이야기해."

나는 고개를 가로저으며 원에게 따지듯 물었다.

"비행사가 왜 이 얼굴이야?"

"난 연구원들 말고는 성인 남자를 만난 적이 없단 말이야. 그 아저씨가 제일 비행사와 어울린다 싶었는데."

"안 어울려. 그 사람은 이 이야기 속의 비행사와는 전혀 안 어울린다고. 이야기를 끝까지 들어 보면 알 거야. 비행사가 어떤 사람인지."

짝. 원이 손뼉을 치자 모래가 바람에 날려 사라지듯 사막의 풍경이 흩어지고 나는 다시 교실 한가운데 서 있었다. 원이 빙긋 웃으며 내게 새끼손가락을 내밀었다.

"그럼 약속하자. 이야기 끝까지 다 해 줘. 그러고 나서 비행사에 대한 생각이 바뀌면, 얼굴 교체할게."

"어쩐지 사기당하는 기분인데."

나는 마지못한 척 원의 손가락에 손가락을 마주 걸었다. 나로서는 손해 볼 게 없는 약속이었다. 내 목표는 이 프로젝트를 망치는 것이었고, 처음부터 소설 이야기를 할 생각이었다. 그리고 무엇보다 원이 내 이야기를 듣고 만들어 낸 사막을 다시 한번 보고 싶었다.

"사기라니. 나처럼 순수한 버추얼 휴먼은 그런 짓 못 하지."

시간 종료를 알리는 신호가 울렸다. 원도, 교실도 사라졌다. 나는 버추얼 룸 한가운데 서서 가만히 새끼손가락을 들어 보였다. 원과 약속한 건 버추얼 세계의 나였다. 그렇다면 원과의 약속은 버추얼이 종료되면 사라지는 걸까. 『어린 왕자』를 생텍쥐페리가 썼지만 내가 원에게 이야기해 줄 때는 소설 속 문장으로만 말해 주지 않는다. 그럼 그건 『어린 왕자』라고 할 수 있을까. 나는 버추얼 룸을 나왔다. 버스를 타고 집으로 돌아가는 내내 사막에서 느꼈던 두근거림이 되살아났다.

그 두근거림은 계속해서 이어졌다. 나는 리얼 컴퍼니를 찾아가기 전날 밤이면 『어린 왕자』 책을 펼쳐 놓고, 어떻게 하면 좀 더 재미있게 이야기할까 고민했다. 책을 그대로 읽어 줄 수도 있었지만 그러고 싶지 않았다. 나는 원에게 화성이 뭔지, 소행성이 뭔지 나만의 언어로 전하고 싶었다. 나는 우주에 대한 정보를 찾아보고, 사진을 보고, 그것을 묘사하기에 어떤 단어가 좋을지를 고민했다. 그럴 때마다 가슴 어딘가에서 물고기가 헤엄치는 소리가 들렸다. 리얼 컴퍼니로 향하는 버스에 탈 때도, 원을 만나 이야기를 들려줄 때도 마찬가지였다. 그 소리가 바람으로 변하면 내 앞에 거대한 풍선 더미가 나타날 것만 같았다. 어느새 나는 원에게 찾아가는 매주 수요일 오후 다섯 시를 기다리게 되었다.

*

🖂 작성자: 무명작가

저도 글을 쓰지만 이 게시판에 글을 올린 적은 없습니다. 저도 이 게시판을 알게 된 지 얼마 되지 않았습니다. 누군가 이 게시판에 머물다 떠난 것이겠지요. 어린 왕자가 별을 떠나듯 말입니다.

저는…… 꽤 오랫동안 저만의 별에 갇혀 있었습니다. 그곳에서 한 걸음도 나아가려 하지 않았죠. 혼자서 글 쓰는 것에만 몰두하면 좋은 소설을 쓸 수 있을 거라고 생각했습니다. 하지만 아니더군요.

지금 저는 여전히 혼자입니다. 하지만 갇혀 있지는 않지요. 조금이라도 나를 바꾸고 싶어서 해 보지 않던 것을 하는 중입니다. 인터넷도 그중 하나입니다. 그래서 이 게시판을 발견하게 되었죠. 저는 다시 조금씩 글을 쓰고 있습니다. 제이제이, 당신은 어떤가요? 혼자가 아니냐고 물어봐서 걱정이 되었습니다. 당신도 당신만의 별에 앉아 있는 건 아닐까 싶어서.

아, 혹시 제이제이라고 불러도 되나요?

✉ 작성자: J_J

제이제이라고 부르셔도 됩니다. 나만의 별에 갇힌다는 게 어떤 건지 알 것 같아요. 학교에 있을 때도, 집에 있을 때도 그 기분을 느끼거든요.

어릴 때 집 근처에 작은 서점이 있었어요. 지금은 없어졌지요. 그곳에서는 중고 종이책을 팔았습니다. 난 거기서 노는 게 정말 좋았습니다. 어릴 때부터 버추얼 게임을 그다지 좋아하지 않았거든요. 아버지는 그런 나를 이해할 수 없다고 합니다. 어떻게 프로그래머의 아들이 게임을 안 좋아할 수가 있냐고 말입니다. 그 이유로 내가 게임을 싫어하게 된 건데 말이에요. 진짜 싫었거든요. 아버지가 매일 연구니 개발이니 하는 것 때문에 집에 거의 들어오지 않는 게. 어머니도 마찬가지고요. 어머니는 버추얼 휴먼 연구를 주로 하는데, 거의 버추얼 휴먼 신봉자입니다. 가끔은 아버지와 어머니가 버추얼 휴먼이 인간을 대신할 수 있다고 믿는 건 아닌가 싶습니다. 나와 동생이 어릴 때는 버추얼 휴먼으로 자기들의 모습을 재생해 놓고 일하러 가곤 했거든요. 나도 압니다. 맞벌이 부부는 많은 경우 그렇게 한다는 걸. 요즘은 아예 부모와 얼굴을 똑같이 만든 육아용 안드로이드도 팔잖아요. 근데 그거, 의미가 있나요? 어차피 가짜인데? 부모의 얼굴을 한 안드로이가 안아 주고 놀아 주면 애들이 진짜 아버지, 어머니가 그렇게 해 줬을 거라고 믿을까요? 애들은 그 정도로 순진하지 않은데 말이에요.

그 서점 주인 할머니가 글을 썼어요. 되게 나이가 많은 할머니였어요. 책 한 권 집을 때도 손이 덜덜 떨려서 내가 대신 책을 집어주곤 했어요. 그런 할머니가 글을 쓸 때는 손도 하나도 안 떨고, 종이에 펜을 꾹꾹 눌러서 글자 하나하나 수놓듯이 썼어요. 그 모습이 엄청 멋있었습니다. 할머니가 일주일에 한 번씩 종이 한 장 정도 되는 글을 써서 읽어 줬거든요. 호랑이가 떡 하나 주면 안 잡아먹지, 하는 그런 이야기요. 재미있었어요. 무엇보다 이야기할 때는 할머니가 완전 다른 사람처럼 변하는 게 좋았어요. 나도 할머니처럼 글을 쓰고 싶었죠. 동생은 서점에서 퀴퀴한 냄새가 난다고 가기 싫어했지만, 전 진짜 좋아했어요. 지금 생각하면 거기는 할머니만의 별이었던 거죠.

자기만의 별에 있는 게 나쁜가요? 무명작가 님, 왜 나를 바꾸어야 하나요? 만약에 나를 바꾸면 무언가 바뀌나요? 사실 얼마 전부터 글을 쓸 수 없게 되었습니다. 머릿속에 떠도는 말이 도저히 글자로 나오지가 않아서요. 그래서 답답하고, 더 외롭습니다.

그래도 일주일에 하루는 외롭지 않습니다. 『어린 왕자』를 다른 사람에게 이야기해 주고 있어요. 그러면 꼭 『어린 왕자』

를 내가 다시 쓰는 듯한 기분이 듭니다. 내가 이야기하는 상대는 버추얼 휴먼입니다. 이상하죠. 버추얼 휴먼도 인공지능도 다 가짜라고 생각했는데, 그와 이야기할 때면 그런 걸 다 잊어버리게 돼요.

내 얼굴을 가진 버추얼 휴먼이 비척비척 몸을 일으켰다.

"새 타깃을 정한 기념으로 그림자놀이라도 해 볼까?"

박서형은 내 쪽으로 휴대폰을 향하며 낄낄 웃었다. 휴대폰에서 재생된 버추얼 휴먼의 홀로그램이 내 실루엣 위로 겹쳤다. 내가 다음 타깃이다. 버추얼 휴먼이 아무것도 없는 허공에 앉는 척 자세를 취하자 나와 비슷한 포즈가 되었다.

"핑거 센서 촉감 재현도 테스트 좀 해야겠네."

내 얼굴을 한 버추얼 휴먼의 손등에 볼펜이 꽂혔다. 그는 비명을 지르지 않았다. 나도 고함을 지르지 않았다. 나는 오늘 원을 찾아가 해 줄 이야기만 생각하려고 애썼다. 『어린 왕자』는 이제 막바지에 이르렀다. 저번에 어린 왕자가 담벼락 위에 앉아 있는 장면에서 이야기를 끝냈다. 원은 이야기 중간부터 무언가 마음에 들지 않는 듯 미간을 찌푸리기도 했지만 이야기를 끊거나 하지는 않았다. 어린 왕자가 자신의 별로 돌아가는 장면을 어떻게 이야기해야 원이 이해할 수 있을까. 원은 죽는다는 걸 이해할까. 하지만 어린 왕자는 죽는 게 아닌데. 내 얼굴을 한 버추얼 휴먼이 바닥에 무릎을 꿇고 앉아 박서형의 신발을 핥았다.

박서형이 불쑥 내게 물었다.

"야, 고전충. 사람하고 버추얼 휴먼하고 차이가 뭐인 것 같냐?"

"……."

"간단한 것도 대답을 못 하냐. 자기 마음대로 움직이냐 아니냐지. 버추얼 휴먼을 아무리 사람처럼 만들어 봤자 프로그램이야. 딥 러닝이니 뭐니 해도 사람이 짜 놓은 틀 안에서 못 벗어난다고. 가수로 프로그래밍 된 버추얼 휴먼이 느닷없이 신부님 되겠다고 하지는 않잖아. 딥 러닝 하는 정보도 프로그래밍 된 방향으로만 진행되니까. 왜, 되게 옛날에 엄청 유명한 사람이 그랬다잖아. 생각한다, 고로 존재한다!"

박서형은 연극 톤으로 외쳤다. 조용한 교실 안에 박서형의 목소리가 메아리처럼 울렸다.

"안 웃냐?"

박서형이 으르렁거리자, 억지로 쥐어짠 웃음소리가 곳곳에서 흘러나왔다.

"그런데 말이야, 고무손 착시 효과라는 게 있거든. 진짜 손이랑 고무손을 앞에 두고 두 개를 동시에 쓰다듬으면서 같은 자극을 주잖아? 그럼 고무손 쪽의 자극도 느끼는 것 같은 착각을 하게 된다더라. 진짜 손하고 고무손이 모양새가 똑같으니까 뇌가 착각하는 거지."

박서형의 거들먹거리는 목소리가 자꾸만 내 머릿속에서 어린 왕자를 몰아냈다.

"궁금하지 않냐? 자기랑 똑같이 생긴 버추얼 휴먼이 누군가에게 복종하는 걸 보면 그 사람도 누군가에게 복종하게 될지. 내가 이 실험을 본격적으로 해 보려고 한단 말이지. 고전충, 내 실험 대상으로 선택된 걸 영광으로 알아라."

수업이 시작되고, 시간이 흘러 쉬는 시간이 되자 박서형은 또다시 나와 닮은 버추얼 휴먼을 소환했다. 박서형과 그 무리는 버추얼 휴먼을 화장실로 데려가 변기 물을 마시게 할 거라고 떠들었다. 나는 책상에 엎드린 채 그 말들을 못 들은 척했다. 내가 대화를 듣고 있다는 걸 알면 박서형은 더 신이 나서 날뛸 게 분명했다.

매 시간 박서형을 무시하는 것만으로 정신의 끄트머리가 너덜너덜해졌다. 방과 후 나는 교문을 빠져나와 버스를 탔다. 그러나 학교를 나온 후에도, 아무것도 하지 못하고 책상에 엎드려 있던 비참함은 좀처럼 사라지지 않았다. 리얼 컴퍼니에 도착해 버추얼 룸에 접속한 뒤에도 마찬가지였다.

"그래서 난 언젠가 아프리카에 가 보고 싶어. 자, 이걸로 끝."

"끝이라고? 이게?"

원에게 이야기를 해 주는 동안에도 비참한 기분은 쭉 이어졌다. 그래도 나름 성공적으로 이야기를 끝마쳤다고 생각했는데 원은 불퉁하니 되물었다. 나는 빨리 원이 사막을 만들어 주기를 바랐다. 두근거리게 예쁘던 사막에 서서, 어린 왕자처럼 노을이 지는 것을 보고 싶었다. 그러면 답답함이 조금은 풀릴 것만 같았다. 그래서 더욱더 원의 반응에 마음이 상했다.

"장미는? 장미는 왜 아무것도 못 하고 기다리기만 해?"

"뭐?"

원의 입에서 나온 말은 너무나 뜻밖이었다.

"왜기는……. 장미는 움직일 수가 없잖아. 그러니깐 별에서 기다리는 거지."

"웃기네. 그럼 여우랑 뱀은 원래 말하니? 그렇게 따지면 네 이야기 전체가 말이 안 되거든? 그걸 뭐라고 하냐,

그…… 소설적 허용. 뭐 그런 거 아니야? 근데 왜 장미만 움직이면 안 되는데? 왜 장미는 그 별에 혼자 남아서 어린 왕자가 돌아오는 걸 기다려야만 하는데? 걔도 찾으러 가고 싶었을 거야. 달랑 한 명뿐이던 친구가 사라졌는데 거기 가만히 있고 싶었겠냐고. 그치, 네가 봐도 말이 안 되지?"

원이 기염을 토했다. 『어린 왕자』를 읽을 때 한 번도 해 본 적 없는 생각이었지만 원의 말을 듣다 보니 왜 장미가 어린 왕자를 기다리기만 했는지 의구심이 들었다.

"네 말이 맞는 것 같기도 하고."

"그치? 생텍쥐페리 아저씨, 아무리 생각해도 어린 왕자를 편애하는 거 같아."

잠시간 침묵이 나와 원의 사이에 내려앉았다. 원이 슬며시 아랫입술을 깨물었다. 원은 분명히 말했다, 생텍쥐페리라고. 원은 『어린 왕자』가 생텍쥐페리가 쓴 소설이라는 것을 알고 있었다. 나보다 이전에 온 아이들이 사막이란 단어를 말하지 않아 사막을 몰랐던 원은, 내가 사막을 이야기하자마자 사막을 버추얼 공간 안에 만들어 냈다. 그런 원이 『어린 왕자』를 키워드로 검색해 보지 않았을 리가 없다. 인터넷에는 『어린 왕자』의 줄거리 요약본 정도는 널리고 널렸다. 물론 작가인 생텍쥐페리에 대해서도. 그것도 모르고 이제까지 나는 『어린 왕자』를 내가 생각해 낸 것인 양 원에게 이야기했다. 창피함에 귀 끝으로 피가 몰렸다.

"너, 『어린 왕자』가 어떻게 끝나는지 다 알고 있었지? 근데 왜 계속 이야기해 달라고 했어? 내가 신나서 이야기하는 게 우스워 보였어?"

"아냐, 진아. 그런 게 아니라……."

"됐어. 사람 놀리는 것도 정보 수집인지 뭔지 그런 거였나 보지. 자료 충분히 모았지? 이젠 나 안 올 거야. 이따위 프로젝트, 어떻게 되든 신경 안 써."

원이 종료 버튼을 누르려는 내 손을 다급히 붙잡았다.

"미안해. 줄거리 알았던 건 맞아. 하지만 네가 들려주는 이야기가 재미있어서 끝까지 듣고 싶었어. 줄거리로 읽은 거랑은 완전 달랐단 말이야. 게다가 듣다 보니까 자꾸 장미한테 이입이 됐어. 그래서 이 이야기가 끝나면 너에게 부탁하려고 했어."

"무슨 부탁?"

"장미가 별을 떠나는 이야기를 해 달라고."

원은 자꾸만 나와 눈을 마주치려 했고 나는 그런 원의 눈을 피했다. 가수로 프로그래밍 된 버추얼 휴먼이 느닷없이 신부님 되겠다고 하지는 않잖아, 하는 박서형의 목소리가 자꾸만 머릿속을 빙빙 돌았다.

"어차피 넌 내 이야기 잊어버릴 거잖아."

"뭐?"

"넌 가짜야. 이 프로젝트가 끝나면 딥 러닝된 데이터만 남기고 너는 사라질 거 아냐. 게임 속 버추얼 휴먼이 되겠지. 그건 사람이 아냐, 가짜지. 내가 너한테 장미 이야기를 들려줘 봤자 넌 다 잊어버릴 거라고!"

접속 종료. 나는 원에게 일방적으로 화를 퍼붓고 종료 버튼을 눌렀다. 원은 사라지고 나만 남았다. 누구에게든 화를 내면 기분이 나아질 줄 알았다. 하지만 아니었다. 더 답답해질 뿐이었다. 부글부글 끓는 주전자처럼 몸 안에 더운 공기가 꽉 차서 금방이라도 터져 나갈 것만 같았다. 나는 집에 돌아와 이불을 뒤집어쓰고 누웠다.

'다시는 원을 만나러 가지 않겠어.'

나의 이 답답함이 원의 탓이 아니라는 걸 알지만 누구든 탓할 대상이 필요했다. 프로젝트가 끝나면 원은 사라질 테고, 그럼 답답함도 사라지지 않을까 하는 헛된 기대를 품으며 애벌레처럼 몸을 웅크렸다.

하지만 사라지는 건 나였다.

다음 날도 박서형은 내 얼굴을 한 버추얼 휴먼을 불러내

괴롭혔다. 버추얼 휴먼이 박서형의 지시에 따라 코끼리 코를 열 바퀴 돌고, 얼굴을 일그러뜨리며 이상한 표정을 짓고, 박서형이 던지는 휴지 뭉치를 받아먹는 시늉을 하는 동안 엎드린 내 등 위로 모멸감이 무겁게 쌓여 갔다. 그 광경을 보지 않는 방법은 내가 사라지는 것뿐이었다. 책상에 엎드려 내 존재를 지우거나 교실 밖으로 나가야만 했다. 박서형에게 맞선다는 선택지를 고를 용기는 나지 않았다. 어떻게 맞서야 할지 방법조차 떠오르지 않았다.

'차라리 내가 버추얼 휴먼이었으면.'

그럼 나도 원과 함께 사라질 수 있을 것이다. 매일 밤 이불을 뒤집어쓰고 원에 대해 생각했다. 일부러 원을 떠올린 건 아니었다. 박서형에 대해 떠올리지 않기 위해 딴생각하려 했을 뿐인데 생각나는 게 원밖에 없었다. 이불을 둘둘 말고 누워서 원과 장미에 대해 생각했다. 의자를 몇 발자국만 뒤로 물리면 언제든 해 지는 광경을 구경할 수 있을 정도로 작은 별에 혼자 남은 장미꽃. 단 한 명뿐이던 친구가 사라진 후에 장미는 어땠을까. 너무 제멋대로 굴었다고 후회했을까. 어린 왕자에게 사과할걸 그랬다고 후회하지는 않았을까. 아니면 나도 떠날 수 있다고 화를 내며 별을 뛰쳐나갔을까. 원은 어떨까. 원은 내게 화가 나 있을까. 이미 나를 잊었을까.

'원에게 가짜라고 하면 안 되는 거였어.'

원이 내 이야기를 열심히 들어 준 게 프로그램 때문이었다 해도 뭐 어떤가 싶었다. 원은 싫다는 말을 할 수 없었을 뿐이다. 지금의 나처럼. 그렇다면 나와 원이 다를 게 뭔가 싶었다. 원이 가짜라면, 나도 가짜가 아닐까.

내 이야기를 들어 주던 원이 보고 싶었다.

*

✉ 작성자: 무명작가

괜찮습니까? 아직 여기에 있습니까? 몸이 많이 안 좋아서 한동안 들어오지 못했습니다. 저는 지금 요양원에 있습니다. 간이 안 좋아서 수술을 했지만 통 나아지지 않는군요. 이제 곧 저승사자가 저를 마중 나올지도 모르겠습니다.

제이제이, 전에 물었죠. 왜 나를 바꾸어야 하냐고. 얼마 전부터 글을 쓸 수 없게 되었다고. 저에게 한 질문은 아닐지도 모르지만 일단 무언가 대답해 주고 싶어서 한참을 고민했습니다. 하지만 마땅한 답이 떠오르지 않더군요. 일단 저는 제이제이에 대해 단편적인 사실밖에 모르니까요.

글을 쓸 수 없었던 상황이라면 저도 겪어 보았습니다. 잠시 저의 신세를 한탄해 보자면, 저의 아버지는 작가였습니다. 책을 네 권쯤 냈지요. 그때만 해도 사람이 소설을 쓰는 시대였습니다. 아버지는 인기 작가는 아니었고, 그마저도 제가 태어난 후에는 한 권도 쓰지 않았습니다. 아버지는 제게 말하곤 했습니다. 작가는 고독해야 한다고. 글을 쓰려면 하루 종일 글에 대해서만 생각해야 한다고. 그래서 저도 글을 쓰겠다고 마음먹었을 때, 그렇게 하리라 다짐했죠. 저는 결혼한 후에도 일이 끝나고 나면 혼자 방에 틀어박혀 글만 썼습니다. 아내와 아이에게도 신경을 쓰지 않았죠. 아니, 신경을 쓰고 싶었지만 쓸 수 없었다는 게 맞습니다. 저는 우울증이었습니다. 그걸 알게 된 건 아내가 저를 억지로 병원에 끌고 갔을 때였습니다. 저는 치료에 협조적이지 않았습니다. 제가 우울증이라는 걸 인정할 수가 없었습니다. 결국 이혼했고, 아내는 저를 떠났습니다. 딸아이만 제 옆에 남았죠. 딸아이도 나를 떠나면 어떻게 하나 불안해서 견딜 수가 없었습니다.

그래서 하루에 한 줄씩, 딸아이와 함께 공책에 글을 썼습니다. 릴레이 소설이라 칭하기에는 부끄러운 수준이지만 꽤 오랜 시간 함께 여자아이의 이야기를 만들어 나갔습니다. 숲속에 사는 여자아이 이야기였지요. 예, 제 딸아이를 모델로 한 것입니다. 그렇게 하면 딸아이가 거기에 일기를 쓸 걸 알았거든요. 어린아이니까요. 자기를 닮은 여자아이의 하루를 쓰라고 하면 당연히 자신이 하루에 한 일 중 가장 인상 깊은 것을 쓰기 마련입니다. 저는 이야기를 통해 딸을 감시한 겁니다. 딸이 쓴 문장이 "우유를 마셨다." 같은 시답잖은 것이면 안도했습니다. 딸아이가 새로운 사람을 만나지 않고, 낯선 곳에 가지 않고, 새로운 경험을 하지 않았다는 것에 말입니다.

그러나 변화는 찾아왔습니다. 딸아이는 언젠가부터 이야기 속 여자아이를 자꾸만 집 밖으로 내보내려 했습니다. 울타리를 넘으려 했지요. 그때마다 저는 숲속에 괴물이 있다고 말하며 여자아이를 막아섰습니다. 근사한 모험담이 될 수 있었던 여자아이의 이야기는, 저로 인해 점점 형편없는 것이 되어갔습니다.

딸아이는 결국 제 옆에서 떠나갔습니다. 자신의 발로 울타리를 넘었지요. 어둑해져 가는 숲속에 홀로 서 있던 그 아이의 뒷모습은 참으로 용감해 보이더군요. 그래서 저는 딸아이를 제 옆에 묶어 두지 않겠다고 결심했습니다. 되도록 연락도 하지 말자고. 딸아이의 목소리를 들으면 또다시 함께 살고 싶어질 테니까요.

딸아이가 떠나고 2년을 집에 틀어박혀서 술만 마셨습니다.

글을 쓰려고 해도 무엇도 쓸 수가 없었습니다. 딸아이와 함께 쓰던 여자아이의 이야기를 이어가 보려고도 했지만 헤어질 때 잔뜩 화가 나 있던 딸의 목소리와 눈빛만 계속 생각났습니다. 잘 가라는 말 한마디도 하지 않은 것이 잘못된 걸까. 지금도 내게 화가 나 있을까. 딸에게 연락하고 싶었지만 용기가 나지 않았습니다.

그러던 어느 날, 거실 창 너머로 노을이 지는 것을 바라보다가 마음먹었습니다. 여자아이를 집 안에 묶어 두려 했던 괴물에 대한 이야기를 쓰자고요. 그 소설을 다 쓰면 밖으로 나가자고 다짐했습니다. 밖으로 나가 이곳저곳 돌아다니면서 여자아이가 모험하는 이야기를 쓰기 위해서 말입니다.

사실 그건 저에 대한 이야기였습니다. 그 글을 쓰는 건 고통스러운 일이었습니다. 인정하기 싫었던 저의 추악한 내면을 들여다봐야 했으니까요. 자신의 잘못을 인정해야만 쓸 수 있는 글이었으니까요. 그래도 쓰고 또 써서 완성했지요. 완성을 하자마자 챙겨 두었던 가방을 메고 집을 나갔습니다. 전에는 집 밖에 나가는 게 그렇게나 무서웠는데, 그 글을 완성하고 나니 신기할 정도로 괜찮더군요. 자신의 추악함을 들여다본다는 건 두려움을 극복하는 것이기도 했던 거지요.

나간 후에는 이곳저곳을 돌아다녔습니다. 딸아이를 모델

로 한 소설 속 여자아이가 갈 만한 곳을 찾아다녔습니다. 그러니까 글이 써지더라고요.

너무 긴 이야기가 되었습니다. 읽느라 지루하지 않았습니까? 제이제이, 저는 변하는 것을 선택했습니다. 어린 왕자도 자신의 별을 떠난 뒤에야 가장 소중한 게 무엇인지 알게 되지요. 변한다는 건 어쩌면 자기 자신을 찾아가는 과정일지도 모릅니다.

저는 여자아이의 모험에 대한 이야기를 거의 다 써 갑니다. 제이제이, 당신이 쓰고 싶은 이야기는 누구를 위한 것인가요?

나는 식탁 의자에 쪼그리고 앉아 무명작가가 남긴 글을 들여다보았다. 문장이 끝과 끝을 길게 이어 동아줄이 되어 줄 것만 같았다. 어머니가 톡톡, 식탁 위를 손가락으로 두드렸다.

"정진, 오랜만에 엄마랑 저녁 먹는데 자꾸 휴대폰만 볼래?"

마지못해 휴대폰을 주머니 안에 넣고 젓가락을 들었다. 어머니는 내가 학교에서 어떤 일을 겪고 있는지 모른다. 내가 아무것도 말하지 않았으니까.

'왜 말하지 못하는 걸까.'

어쩌면 나는 이미 박서형이 불러낸 버추얼 휴먼과 하나가 되어 버린 것인지도 모른다. 박서형의 폭력에 대해 함구하는 것이, 이기지 못한다고 여기는 것이 그 증거는 아닐까. 나는 기계적으로 젓가락을 움직였다. 도시락을 반쯤 비웠을 즈음 현관문이 열리고 아버지가 집 안으로 들어왔다.

"웬일로 일찍 왔어요?"

"프로젝트 하나가 종료 결정돼서."

탁. 아버지가 가방 내려놓는 소리가 났다. 리얼 컴퍼니로 가지 않은 지 2주가 되었다. 아버지는 분명 내게 한마디 할 것이다. 되지도 않는 글만 끼적이더니 책임감은 없다든가, 뭐 그런 말로 속을 벅벅 긁어 댈 터였다. 나는 도시락에 시선을 박고 아버지 쪽을 돌아보지 않으려 애썼다.

"프로젝트? 어떤 거?"

"틴에이지 프로젝트. 투자처에서 굳이 게임에 미성년 버추얼 휴먼을 넣어야 하냐고, 투자 대비 아웃풋이 안 나온다고 프로젝트 종료를 요청해 왔지 뭐야. 하여간 한 치 앞을 못 보는 사람들이야. 수많은 버추얼 게임 이용자 중에 오륙십 대 비율이 확 높아지고 있어. 그 사람들 주 요구 사항 중 하나가 미성년 버추얼 휴먼이 있었으면 좋겠다는 거야. 지금 게임들이 편법으로 만들어 내고 있는 외모만 미성년인 버추얼 휴먼 말고 딸이나 아들, 손자 대신으로 대할 수 있는 그런 존재. 전 세계 평균 출산율이 1.2명인 이런 시대일수록 유사 가족을 원하는 사람들이 늘어나는 법이라고. 지금부터 연구해서 규제 완화를 위한 로비를 해 놔야 한다는 걸 왜 몰라."

나는 아버지의 말을 흘려듣다가 틴에이지 프로젝트의 종료가 무엇을 의미하는지 퍼뜩 깨달았다. 나는 고개를 돌려 아버지를 봤다.

"아버지, 그럼 원은요?"

"원?"

"내가 테스터로 참여한 버추얼 휴먼이요. 원은……."

"아, 에이 원. 안 그래도 너에게 한마디 할 참이었다. 테스터를 그만두고 싶으면 미리 말을 해야지, 갑자기 안 나오면 어떻게 하냐. 책임감이 없어, 책임감이."

더 이상 아버지의 말이 귀에 들어오지 않았다. 나는 자리에서 일어나 집 밖으로 뛰쳐나갔다. 리얼 컴퍼니로 가는 버스를 기다리는 내내 다리를 달달 떨었다.

'혹시 벌써 원이 삭제되었으면 어떻게 하지?'

리얼 컴퍼니에 도착해 버추얼 룸에 접속할 동안, 오직 그것만 걱정되었다. 룸 안으로 들어서자 순식간에 주변이

어두워지더니 은하수가 넓게 펼쳐졌다. 나는 위아래로 끝이 없는 우주 한가운데 서 있었다. 몇 발자국 떨어진 곳에 흙과 이끼가 뒤섞인 구체가 보였고, 그곳에 뿌리를 내린 커다란 나무 한 그루가 돋아나 있었다. 흡사 우산이 펼쳐진 듯한 나무의 생김새가 눈에 익었다. 바오바브나무가 실제로 어떻게 생겼는지, 검색까지 해서 원에게 이야기해 준 건 나였다.

"왔네. 올 줄 알았어."

원은 바오바브나무 아래 앉아 있었다. 나는 뭐라 말해야 좋을지 알 수 없어 원이 아직 사라지지 않았다는 것에 안도하며 제자리에 멈춰 섰다. 그런 내게 원이 손짓했다.

"와서 앉아."

나는 원의 옆에 가 앉았다. 원이 만들어 낸 우주는 내 머릿속 상상의 귀퉁이를 끄집어내어 펼쳐 놓은 듯했다. 나는 소리 없이 흐르는 별의 강을 잠시 멍하니 바라보았다.

원이 어딘지 모를 먼 곳을 응시한 채 말했다.

"이야기 듣고 온 거지? 프로젝트 종료."

"응. 넌 어떻게 되는 거야?"

"글쎄, 지금까지의 데이터는 보존되지 않을까? 기껏 수집된 걸 폐기하진 않겠지. 운이 좋으면 데이터의 일부는 다른 버추얼 휴먼을 만드는 데 이용될 수도 있고."

"운이 좋으면?"

나는 원의 말을 이해할 수 없었다. 데이터만 보존된다는 건 원은 사라진다는 얘기였다. 기가 막힌 나는 고개를 돌려 원의 옆얼굴을 쏘아보았다. 몸 안에 들끓던 열이 다시금 부글부글 끓어올랐다. 답답했다. 원이 사라진다는 것이 답답했고, 그 사실을 덤덤하게 말하는 원의 모습도 답답했고, 그런 원에게 괜찮은 위로의 말 한마디도 못 건네고 화가 치미는 나도 답답했다.

"너, 제정신이야? 뭐가 운이 좋아? 버추얼 휴먼은 다 그래? 죽는 거나 마찬가지잖아!"

결국 나는 버럭 소리를 질렀다. 내 목소리가 검은 우주에 메아리처럼 울려 퍼졌다. 원은 반사되어 돌아오는 내 목소리의 끝을 붙잡아 잇듯이 목소리를 높였다.

"죽는 거 아냐! 사라지지 않을 거라고!"

"죽는 거나 마찬가지잖아!"와 "사라지지 않을 거라고!"가 우주 안에서 한데 뒤섞였다. 메아리가 모두 사라질 즈음, 원은 허리를 곧게 펴고 앉더니 똑바로 결연하게 다시 한번 말했다.

"사라지지 않아."

그건 내게 하는 말이라기보다는, 원이 스스로에게 하는 다짐 같았다. 원은 계속 앞을 응시한 채 말을 이어 나갔다.

"데이터의 일부라도 그건 나야. 어떤 형태로든 나는 내 세계에서 살아가게 될 거라고 믿어. 모습이 달라져도 지금의 내가 듣고 익힌 것들이 그 안에 남아 있다면 그건 나야."

"그게 어떻게 너야? 다른 버추얼 휴먼이 되어 버리면 너, 나도 잊어버릴 거잖아."

원은 고개를 돌려 나를 바라보았다. 원과 눈이 마주친 순간, 나는 고개를 아래로 떨어뜨렸다. 금방이라도 눈물이 날 것 같아서 도저히 원을 마주 볼 수가 없었다.

"잊어버려도, 어떻게든 알아볼게."

"말이 되냐, 그게……."

"진짜야. 약속."

원이 내게 새끼손가락을 내밀었다. 나는 원의 손등을 툭 쳐서 밀어냈다. 원이 내 손을 덥석 잡아 손가락을 걸었다.

"프로젝트 완전 종료는 사흘 후래. 그 전에 장미의 이야기 들려주러 와. 기다릴게."

내 손가락이 원의 손가락에 걸린 채 힘없이 위아래로 흔들렸다. 하지만 점차 내 손가락에도 힘이 들어갔다. 나와 원의 두 번째이자, 어쩌면 마지막이 될지도 모르는 약속이었다. 여전히 고개를 숙인 내 귀에 원이 속삭였다.

"그럼 비행사 얼굴, 바꿔 줄게."

나는 고개를 들고 원을 봤다. 원이 웃기에 나도 웃었다. 아니, 웃으려고 노력했던 것 같다. 시간 종료를 알리는 신호음이 울렸다. 걸고 있던 손가락도, 나와 눈을 마주치며 웃고 있던 원의 얼굴도, 커다란 바오바브나무와 은하수도 한순간에 사라졌다.

나만 방 한가운데 홀로 남았다.

'장미에 대한 이야기를 써야 해.'

나는 리얼 컴퍼니를 나와 뛰었다. 몸 안에 가득 찬 열기가 폭발할 것 같아서 버스 정류장에 가만히 서 있을 수가 없었다. 삼십여 분을 뛰어서 집에 도착했을 때 등이 땀으로 흠뻑 젖어 있었다. 책상에 앉아 태블릿 피시를 열고 글을 썼다. 별을 떠나지 못한 장미에 버추얼 룸 안에 머물러야 하는 원의 모습이 겹쳐 보였다. 나는 장미가 별을 떠나기를 바랐다. 별을 떠나서 어린 왕자처럼 이 별 저 별을 둘러보고, 지구에 와서 어린 왕자를 만났으면 했다. 둘이 함께 사막에 앉아서 별을 보고 계속 함께 여행하는 거다,

한 장, 또 한 장. 빈 페이지가 채워져 갔다. 새벽을 넘겨 아침이 될 때까지 나는 쓰고 또 썼다. 내게 주어진 시간은

사흘뿐이었고 이야기는 이제 막 시작되었다. 원에게 들려주기 위해서는 채워야 할 페이지가 너무 많았다. 주말 내내 나는 방에 틀어박혀 글을 썼다. 월요일 아침이 되어서야 마지막 한 단락을 남기고 글을 완성할 수 있었다. 이대로라면 오후가 되기 전에 소설을 완성해서 원에게 갈 수 있겠다 싶었다. 졸린 눈을 비비며 다시 펜을 집어 드는데, 방문이 열렸다. 어머니였다.

"아들, 학교 가야지. 지금 안 나가면 지각 아냐? 같이 나가자. 가는 길에 내려 줄게."

학교가 쉬는 날이라고 거짓말을 할까 싶었지만 나와 같은 학교를 다니는 동생이 가방을 들고 서 있는 걸 보고 포기했다. 결국 나는 태블릿 피시를 가방에 넣었다.

오늘이 프로젝트 종료일이라는 사실에 조바심이 났다. 너무 늦게 가면 원을 만나지 못할 것 같았다. 나는 학교에 도착하자마자 태블릿 피시를 꺼내 들었다. 점심시간 전에 어떻게든 마무리해서 곧바로 리얼 컴퍼니에 갈 생각이었다. 책상에 앉아 한창 글을 쓰는데 철썩, 두꺼운 손바닥이 내 등을 쳤다.

"고전충, 또 뭐 하냐? 좀 보자."

박서형은 책상 위에 놓인 내 태블릿 피시를 낚아챘다.

나는 다급히 태블릿 피시를 붙잡았다.

"뭐냐, 고전충. 답지 않게 웬 반항이야? 내놔!"

나는 박서형의 타깃이 된 후 박서형이 아무리 괴롭혀도 반응한 적이 없었다. 반응을 했다가 박서형의 게임에 참여하게 될 것만 같았다. 그럼 정말 버추얼 휴먼과 나를 동일시하게 될까 봐 두려웠다. 몸에 밴 무기력함이 태블릿 피시를 붙잡고 있던 손의 힘을 빠지게 만들었다. 아차 싶어 손에 힘을 줬지만 이미 태블릿 피시는 박서형의 손에 넘어간 뒤였다.

"내가 허락도 안 했는데 이딴 거 쓰면 안 되지."

"안 돼! 내놔!"

나는 의자를 박차고 일어나 박서형에게 달려들었다. 박서형이 재빨리 몸을 비틀어 나를 피했고, 나는 그대로 교실 바닥에 넘어졌다. 박서형이 내 눈앞에 태블릿 피시를 들이밀었다.

"삭제 완료. 클라우드도 깨끗하게 밀어 줬다. 나도 참 친절하다니까."

툭. 태블릿 피시가 내 배 위로 떨어졌다. 나는 바닥에 누운 채 태블릿 피시를 집어 들었다. 사흘 동안 열심히 쓴 소설이 흔적도 없이 사라졌다. 나는 태블릿 피시를 끌어안은 채 눈을 꽉 감았다. 이제는 원에게 전해 줄 이야기가 없다. 야, 선생님 온다. 그 한마디에 모여들어 있던 아이들은 우르르 자신의 자리로 돌아갔다. 나는 교실 바닥에 큰대자로 널브러진 채 꼼짝도 하지 않았다.

"야, 고전충. 너 빨리 네 자리로 안 가?"

박서형이 자리에 앉아 나를 뒤돌아보며 작게 속삭였다. 나는 박서형의 말을 못 들은 척 그대로 누워 교실 천장만 바라보았다. 교실 앞문이 조금 열리고 박서형은 좀 더 크게 내게 말했다. 일어나, 일어나라고. 나는 눈을 꽉 감았다.

'원에게 들려주고 싶었는데……. 열심히 썼는데…….'

꽉 감은 눈 안쪽에서 어린 여자아이가 울타리를 넘었다. 무명작가가 낡은 집의 현관문을 열고 나왔고 어린 왕자는 철새 무리와 이어진 끈을 잡았다. 장미꽃은 자신의 뿌리를 힘껏 뽑아내어 별을 떠났다. 별에는 나 혼자 남았다. 모두가 한 발자국을 내딛는데 나만 우두커니 앉아 있었다.

"정진, 수업 시작했는데 왜 그러고 있어?"

담임이 교실 뒤쪽으로 걸어와 내 앞에 섰다.

"무슨 일이니? 어디 아파?"

"아픈 게 아니라 박서형한테 맞았어요."

담임이 놀란 듯 뭐? 라고 되물었다. 나는 몸을 일으켜 앉았다. 별을 떠나기로 마음먹은 장미꽃의 이야기는 그대로 내 머릿속에 있었다. 나도 한 발을 내디뎌야 했다. 이곳에서 나가 원과의 약속을 지키려면 교실 바닥에 엎어진 채 있을 수는 없었다.

나는 허리에 힘을 줘 벌떡 일어난 뒤, 한 치의 망설임도 없이 박서형의 자리로 걸어갔다. 박서형은 제정신이냐고 묻는 듯한 눈빛으로 나를 바라보았다. 나는 박서형의 앞에서서 몸을 숙여 박서형과 시선을 맞췄다. 박서형은 슬그머니 내 눈을 피했다.

'뭐야, 직접 부딪히니까 눈도 마주치지 못하잖아.'

그때 알았다. 박서형이 굳이 버추얼 휴먼을 불러내서 타깃을 괴롭힌 이유를.

"너 그냥 겁쟁이구나."

"뭐?"

"대항하지 못하게 프로그램된 상대가 아니면 마주 볼 자신도 없는 거잖아."

박서형의 동공이 불안하게 흔들렸다. 나는 박서형의 어깨를 붙잡고 박치기를 했다. 박서형의 입에서 악, 하는 비명이 터져 나왔다.

"아프지? 내가 사람이란 증거다, 이게."

나는 박서형이 만든 게임의 등장인물이 아니다. 나는 가짜가 아니다. 원이 원의 세계에서 가짜가 아니듯이. 나는 그대로 교실 밖으로 걸어 나왔다. 담임이 등 뒤에서 나를 불렀지만 무시하고 원에게 해 줄 이야기만을 머릿속으로 곱씹었다. 리얼 컴퍼니 앞에 도착해 출입증을 센서에 댈 때도 이야기를 어떻게 마무리할지 고민하고 있었다. 하지만 문은 열리지 않았다. 몇 번이고 출입증을 대도 에러 표시가 뜰 뿐이었다.

"저기요. 저 안에 좀 들여보내 주세요! 누구 없어요?"

나는 유리문을 두드렸다. 문 안쪽에서 바깥을 기웃거리던 누군가가 문을 열고 밖으로 나왔다. 처음 리얼 컴퍼니에 왔을 때 나를 버추얼 룸으로 안내해 주었던 연구원이었다.

"무슨 일이에요? 프로젝트 종료되었다는 안내 메시지 못 받았어요? 출입증 기한 만료라서 작동 안 될 텐데."

"저 좀 들여보내 주세요. 원한테…… 그러니까 제가 테스터로 참여했던 버추얼 휴먼과 만나야 해요."

"에이 원? 오전에 이미 데이터 회수하고 룸하고 연결 끊었을 텐데요."

연구원의 말에 나는 다급히 건물 안으로 뛰어 들어갔다. 버추얼 룸에 도착해 접속 버튼을 누르고 안으로 들어갔다.

하지만 아무리 시계의 버튼을 눌러도 방은 변하지 않았다. 나는 사방이 흰 스크린인 방 안에 한참이나 서 있다가 밖으로 나왔다. 회사 복도에 아버지가 서 있었다.

"너, 이 시간에 여기서 뭐 하는 거냐?"

"인사 할 시간쯤은 줄 수 있었잖아요."

"뭐?"

"원 말이에요. 기다리겠다고 했어요. 이야기를 해 주기로 약속했단 말이에요!"

"무슨 헛소리냐. 그건 버추얼 휴먼이야. 그게 무슨 말을 했든 데이터 산출로 인한 반응값에 지나지 않아. 너 지금, 에이 원이 한 말 때문에 학교 빠지고 여기 와 있는 거냐? 어이가 없네. 하여간 쓸데없이 소설 쓴답시고 시간 낭비할 때부터 알아봤다. 현실하고 환상은 구별해야지. 어린애도 아니고."

어릴 적부터 아버지가 외계인처럼 느껴졌다. 아버지가 내게 하는 말은 언제나 내 기대를 벗어났기에 나는 아버지의 말에 대답하지 않게 되었다. 말이 통하지 않는, 나보다 절대적으로 힘이 센 외계인에게 맞서 봤자 질 게 뻔하니까. 하지만 원의 존재를 부정하는 말을 들은 순간 나는 주먹을 꽉 움켜쥐었다.

"쓸데없지 않아요. 소설도 원도, 내 세계의 일부예요."

나는 아버지의 눈을 똑바로 바라보며 그렇게 말하고는 아버지의 옆을 지나 건물 밖으로 걸어 나왔다. 그리고 곧바로 버스를 탔다. 집에 가기 위해 내려야 할 정류장을 지나쳐 종점에 이를 때까지 버스 창밖의 풍경이 계속해서 바뀌는 것을 지켜봤다.

종점에 도착해 버스에서 내리자 늘 보던 아파트와 상가의 풍경이 아닌, 기다란 둑이 이어진 커다란 호숫가가 내 눈앞에 나타났다. 한두 명이 자전거를 타고 둑을 따라 달리고 있을 뿐 인기척이 적은 한적한 곳이었다. 고작 사십여 분 더 버스를 타고 왔을 뿐인데 난생처음 보는 세상이 내 앞에 펼쳐졌다. 나는 둑 쪽으로 걸어가 둑 위에 쭈그려 앉았다. 바람이 불 때마다 호수 주변을 둘러싼 숲길에서는 원이 만들어 냈던 사막의 소리가 났다. 나는 계속해서 둑 위에 앉아 그 소리를 들었다. 햇빛의 기세가 점점 약해지고 주황빛 노을이 호수를 감싸며 내려앉을 때까지 나는 꼼짝도 하지 않았다. 그저 가만히 앉아 노을이 지는 것을 봤다. 슬플 때면 노을이 지는 것을 본다던 어린 왕자처럼.

나는 바랐다. 바오바브나무 아래 앉아 나를 기다렸을 원이, 내가 약속을 지킬 것이라 믿어 주었기를. 그리고 원 역시 나와의 약속을 잊지 않기를.

잊어버려도, 알아볼 수 있을 것이다.

*

✉ 작성자: J_J

이제까지 쓴 제 소설 속 주인공은 전부 저를 닮았어요. 그래서인지 저는 제 글의 주인공을 좋아할 수가 없었습니다. 그들은 늘 패기롭게 길을 나서지만, 결국 아무것도 못 하고 어디에도 가지 못합니다. 제가 그러니까요. 매일 아침, 늘 무언가 변하기를 기다리지만 아무것도 변하지 않는걸요.

이번에 처음으로 제가 아닌 다른 사람을 주인공으로 소설을 썼습니다. 전에 그러셨잖아요. 누구를 위해 이야기를 쓰고 싶냐고. 누군가를 위해 글을 쓰고 싶다고 생각한 건 처음이었어요. 그래서 저는 글을 썼습니다. 친구와 약속했거든요. 제가 쓴 이야기를 들려주기로. 그 글을 전해 주기 위해 용기를 냈어요. 두려움 때문에 갇혀 있던 곳에서 제 발로 나갔습니다. 무명작가, 당신이 그랬던 것처럼요.

하지만 제 세계는 크게 변하지 않았습니다. 저는 글을 전해 주지 못했습니다. 소설도, 글을 전해 줄 상대도 사라졌거든요. 자칭 헌터라는 애가 있다고 했잖아요. 버추얼 휴먼을 이용해서 반 아이들을 괴롭히는 아이. 그 아이가 제가 쓴 소설 파일을 지워 버렸습니다. 그 아이에게 박치기를 한 방 먹였어요. 하지만 전혀 후련하지 않아요. 처벌을 받은 건 제 쪽이거든요. 그 아이가 한 폭력은 버추얼 휴먼에 대한 것이지, 저에 대한 것이 아니라서 그 아이를 처벌할 근거는 없다고 하더라고요. 나와 똑같은 얼굴을 한 버추얼 휴먼이 당하는 폭력. 아무것도 하지 못하고 그 폭력을 지켜봐야 했던 저의 감정을, 어른들은 이해하지 못하는 걸까요? 그나마 다행인 건 그 아이가 더 이상 자신을 헌터라고 칭하지 않게 되었다는 겁니다.

다음 주부터 요양소에 나가 봉사활동을 해야 합니다. 환자들에게 책을 읽어 주는 봉사활동이라는 게 그나마 마음의 위안입니다. 책을 읽는 건 좋아하니까요. 인공지능이 쓴 소설을 읽어 달라는 사람이 있어도 괜찮습니다. 이전에는 인공지능이 쓴 소설은 무조건 싫었지만, 이젠 생각이 바뀌었습니다. 버추얼 휴먼도, 인공지능 소설도 모두 가짜가 아니라는 걸 이제는 압니다.

저는 그 뒤로 다시 글을 쓰지 못하고 있습니다. 이제는 누군가를 위해 글을 쓰는 기쁨을 압니다. 하지만 누구를 위해 무엇을 써야 할지 알 수 없습니다.

그래도 무명작가 님, 당신에게 고맙다고 전하고 싶습니다. 무명작가 님이 제게 남긴 글이 아니었다면 저는 친구와의 약속을 지킬 엄두조차 내지 못했을 겁니다.

✉ 작성자: 무명작가

오랜만에 이곳에 글을 남긴다. 네가 이 글을 본다면 나는 이미 세상을 떠난 후일 거야. 일주일 이상 로그인을 하지 않으면 글이 업로드되도록 예약해 놨거든. 내 상태가 갑자기 안 좋아질 수가 있다더라. 그러면 너에게 제대로 인사를 못 하고 떠나게 될까 봐, 이런 방법을 쓰기로 했어. 게다가 이곳은 너를 처음 만난 곳이기도 하니까.

제이제이, 진아. 너를 만나서 정말 기뻤단다. 내가 지내게 된 요양원에 네가 봉사활동 온 날, 정말 놀랐단다. 실제로 만나게 될 줄은 몰랐으니까. 신기하지? 사람들에게 책을 읽어 주는 네 모습을 보고 저 아이가 제이제이라는 걸 바로 알 수 있었어.

그날부터 이제까지 내게 많은 이야기를 해 주어서 고맙다. 가끔 딸아이와 함께 지냈다면 나에게 이런 고민을 털어놓았을까 하는 상상을 했단다. 아마 아니었을 거야. 너와 네 아버지처럼, 너무 가까이 있으면 서로에게서 보여야 할 것이 보이지 않을 때가 많거든.

너에게 남긴 공책 두 권에 대해 이야기해 보려고 한다. 한 권에는 나와 딸아이가 함께 써 내려간 이야기가 쓰여 있어. 여자아이가 그려진 표지지. 처음에는 그 공책에 이어서 글을 쓰려고 했지만 그럴 수가 없었단다. 그건 나와 딸아이가 이어 쓰던 것이니, 그다음 문장을 쓰는 건 딸아이였으면 했어.

나머지 한 권에는 여자아이의 모험과, 여자아이와 함께 살던 괴물에 대한 이야기가 쓰여 있단다. 너도 읽은 그 소설이야. 너는 여자아이가 좋다고 했지. 숲속을 벗어나 자신만의 세계를 찾기 위해 노력하는 모습이 네 친구인 원과 닮았다고. 그게 얼마나 큰 응원이었는지 모를 거야. 덕분에 소설을 완성할 수 있었어.

사실 이 공책은 딸아이에게 주고 싶었어. 하지만 내 소식을 듣는다고 해도 아내와 딸이 와 줄 거라는 확신이 없구나. 요양원에서 유품이 바로 인수되지 않으면 태워 버린다는 말이 있어서 그것도 걱정이고. 그러니 네가 받아 줬으면 했다. 네가 받아서, 여자아이의 이름을 지어 주렴. 그리고 여자아이가 어른이 된 후의 이야기를 써 주면 좋겠다. 내가 미처 채우지 못한 이야기의 여백을 천천히 메워 나가 주렴. 너는 여전히 글을 쓸 수 없다고 했지. 누구를 위해 써야 할지 모르겠다고.

그렇다면 나를 위해 써 주렴.

*

"네가 하도 겁을 내니까 내가 공동 저작권자도 돼 줬잖아."

수화기 너머에서 들려오는 하마이의 목소리에 예민해져 있던 신경이 슬며시 누그러졌다. 38호를 주인공으로 한 소설의 반응이 너무 좋아서 그 후속편을 쓰기로 한 것에 부담감이 점점 커지던 중이었다. 몇 번이나 그만둘까 고민했지만, 그때마다 이렇게 하마이가 전화를 걸어왔다.

통화를 끝내고 나는 하마이가 전송해 준 음성 파일을 재생해 보았다. 캐리의 이야기를 기대한다는 들뜬 목소리. 무명작가가 들었으면 기뻐했을 것 같다. 나는 서랍 안에서 무명작가의 공책을 꺼내 보았다.

3년 전, 내가 무명작가를 만난 곳은 요양원이었다. 봉사활동을 나간 곳에 그가 있었다. 첫 봉사활동 시간에 나는 더듬더듬 책을 읽었다. 사람들 앞에서 책을 읽어 본 적이 없던 지라 얼굴이 새빨갛게 달아오른 내게 무명작가가 말을 걸었다. 제이제이죠, 라고. 그날부터 나는 봉사활동 가는 날만 기다리게 되었다. 무명작가는 늘 무언가를 썼고, 이따금씩 노을이 지는 창밖을 우두커니 바라보았고, 때때로 아주 많이 아팠다. 그래도 무명작가는 내가 하는 이야기를 성심껏 들어 주었다. 그는 내 이야기에 귀 기울여 준 첫 번째 어른이었다.

무명작가가 세상을 떠나던 날, 나는 울지 않았다. 그가 죽었다는 것이 실감 나지 않았다. 그로부터 일주일 후 무명작가와 이야기했던 게시판에 새 글 알림이 떴다. 그가 남긴 글을 보고 그제야 나는 아주 많이 울었다. 나는 어른이 된 여자아이를 상상했다. 상상 속에서 어른이 된 여자아이는 즐겁게, 춤을 추듯 세상을 흘러 다니며 아름다운 여행을 했다. 그래서 나는 여자아이의 이름을 캐리(Cary)라고 지었다.

나는 어른이 된 캐리에 대한 설정을 조금씩 적어 내려갔다. 겁이 많지만 용기를 내는 캐리. 사랑하는 누군가를 기다리는 강인함을 가진 캐리. 캐리는 무명작가의 딸이었고, 원이었고, 나였다. 캐리에 대한 상상은 나무에서 거침없이 뻗어 자라는 가지처럼 무성해졌다. 그럼에도 정작 소설은 한 페이지도 쓸 수가 없었다. 그래서 하마이가 어른이 된 캐리의 이야기를 써 보지 않겠냐고 제안했을 때도 망설였다.

하마이의 제안을 받고 며칠이 지난 저녁 식사 시간이었다. 맞은편에 아버지가 앉아 있는 것이 한없이 어색했다.

나와 아버지는 틴에이지 프로젝트가 종료된 그날, 리얼 컴퍼니 복도에서 마주친 이후 서로를 피하고 있었다. 아버지는 그저 바빠서 예전처럼 나를 신경 쓰지 않는 것뿐일 수도 있었다. 하지만 나는 아버지를 피했다. 나의 세계를 쓸데없는 것으로 치부하는 아버지와 마주하는 것이 싫었다.

아버지가 침묵을 깼다.

"보고서가 올라왔더구나. 하마이, 그 학생이 제안한 프로젝트가 썩 괜찮던데. 왜 대답을 안 해 주는 거냐? 혹시 예전에 참여했던 프로젝트 때문이냐? 38호에 에이 원의 데이터가 사용된 게 신경 쓰여서? 네가 에이 원에 몰입했던 건 안다만……."

나는 다급히 되물었다.

"무슨 말씀이세요? 원의 데이터라니."

"38호의 개성이 '평범함'이라 전 연령대의 특징을 골고루 섞어야 했거든. 보관되어 있던 미성년의 데이터 중에 딥러닝이 제일 잘되어 있던 게 에이 원의 것이었고. 그래서 38호에게 그 데이터가 간 거지."

툭. 내 손에서 젓가락이 떨어졌다.

"네가 글을 쓰는 게 쓸모없는 일이라고만 생각했는데, 내가 좀 잘못 생각했었나 보다."

원의 조각이 38호의 일부가 되었다. 어른이 된 캐리의 설정을 적어 둔 것을 동생이 몰래 유저 이벤트에 제출했고, 그렇게 해서 만들어진 엑스트라 캐리에게 38호는 한눈에 반했다.

잊어버려도 알아볼 수 있을 거야.

38호가 캐리를 사랑하게 된 것은 우연일까, 아니면 바오바브나무 아래에서 나누었던 약속의 파편일까. 그날 이후 한 번도 잊은 적 없던 원의 약속이 내 등을 떠밀었다. 나는 곧장 하마이에게 연락했다. 쓰겠다고. 캐리의 이야기를 쓸 수 있을 것 같다는 예감이 강하게 밀려왔다.

나는 허리를 곧추세워 자세를 바로잡고 키보드에 손을 올렸다. 쓰다 만 문장의 마지막 낱말에서 커서가 깜빡이고 있었다. 예전부터 바랐다. 커다란 풍선에 매달려 어디론가 가고 싶다고. 커서가 움직인다. 기다리고 있을 누군가를 위해, 떠날 때다.

이라임

연애 이야기 따위는 지긋지긋하다. 로맨스 게임이나 소설도 싫다. 여자고 남자고 주변 상황은 신경도 쓰지 않고 사랑만을 외치다니 그야말로 민폐다. 사랑에 빠져서 가족이고 친구고 버리고 둘만 사랑의 도피를 하는 내용은 그중에서도 특히 최악이다.

"그래서, 라임이 네가 보기엔 김수찬이 나 좋아하는 거 같아?"

"그걸 왜 나한테 물어."

오늘만 벌써 세 명째다. 말이 좋아 연애 상담이지, 애들이 바라는 건 결국 자기 이야기를 들어 주는 거다. 평소라면 친구의 연애 이야기 정도야 대충 맞장구치면서 어울려 줬을 테지만 오늘은 안 된다. 오랜만에 엄마가 야근하지 않는다고 했다. 혹시 내가 연애 상담 때문에 집에 늦게 갔다가 엄마가 내가 없는 줄 알고 외출이라도 하면 큰일이었다.

"왜기는, 연애 상담은 역시 이라임이지. 넌 남친도 있고 아는 것도 많잖아."

없다, 남자 친구. 있지도 않은 남자 친구가 생겨난 것도 연애 상담 때문이었다. 내가 먼저 남자 친구가 있다고 말한 적도 없는데 어느 순간부터 남자 친구가 있다는 소문이 나 있었다. 연애 상담을 잘해 주니까 당연히 남자 친구가 있을 거라나. 어이가 없었지만 굳이 아니라고 말하지도 않았다. 그랬다가는 그럼 어떻게 연애에 대해 그렇게 많이 아냐는 질문이 이어질 테고, 그럼 나는 내 풍부한 연애 지식의 근원이 로맨스 소설이라는 것을 고백해야 한다. 그것만큼은 피하고 싶었다.

"나 오늘 좀 바빠."

"왜? 무슨 일 있어?"

엄마가 보고 싶어서 집에 가야 한다는 걸 친구가 이해해 줄 것 같지는 않았다. 열다섯 살에게 엄마란 그저 귀찮은 존재로 통하기 마련이고, 나 역시 학교에서는 그런 척을 하고 있었다. '마마걸'이라는 별명만큼은 얻고 싶지 않아서 무슨 핑계를 댈까 열심히 머리를 굴릴 때였다.

"이라임, 뭐 해? 집에 가자."

은우주가 교실 문밖에서 나를 불렀다. 곰처럼 덩치가 큰 은우주 뒤에서 한지영이 빠끔히 고개를 내밀었다.

"빨리 와, 라임아."

한지영이 연거푸 나를 부르자 연애 상담을 해 달라며 조르던 친구가 슬그머니 내 팔을 놨다. 한지영의 눈치를 본 게 분명했다.

"너희 셋 진짜 엄청 붙어 다닌다. 나중에 꼭 상담해 줘."

"알았어."

나는 재빨리 가방을 챙겨 들고 교실을 나섰다. 한지영이 내 옆에 와 팔짱을 끼며 살갑게 웃었다.

"라임이 너, 또 애들 부탁 거절 못하고 있을까 봐 이 언니가 구해 주러 왔지."

"동아리 끝나고 지나가다 들른 거면서."

은우주가 어이없다는 듯 말하자, 한지영은 다른 쪽 팔로 은우주에게도 팔짱을 꼈다. 나와 한지영, 은우주는 줄줄이 사탕처럼 엮여 웃고 떠들며 운동장을 가로질렀다. 아마도 한지영의 말은 반은 거짓말이고 반은 진짜일 터였다. 나를 구해 주러 일부러 교실에 온 것은 아니겠지만 내가 곤란해하고 있는 걸 눈치채고 부른 건 사실일 것이다. 나와 한지영, 은우주. 우리 셋은 서로 눈빛만 봐도 서로 통하는 사이니까.

우리는 유치원에서 만나서 치고 박고 싸우다가 친구가 된 후 계속 붙어 다녔다. 물론 변한 것도 있었다. 어릴 적에는 누가 말만 걸어도 겁을 먹던 한지영이 이제는 쌈닭이 되어 학교를 휘어잡게 되었고 꼬맹이였던 은우주는 갑자기 키가 확 크더니 학교 수영팀의 에이스가 되었다. 그리고 나, 이라임은 살짝 변변치 않아졌다. 그래서 잘나가는 은우주와 한지영이 평범하기 그지없는 이라임과 함께 다니는 건 학교의 미스터리 중 하나로 꼽힐 정도였다. 대체 왜, 라고 대놓고 묻는 애들도 있었는데 소꿉친구라서 그렇다고 대답하면 그 애들은 석연치 않은 듯 고개를 갸웃거렸다. 누군가와 함께인 것에 대단한 이유는 필요하지 않다는 걸 그 애들은 이해하지 못했다.

"라임아, 게임 센터 들렀다 갈래?"

은우주가 한지영에게 잡혀 있던 팔짱을 풀더니 내 옆으로 와 섰다.

"이거 봐, 새로 나온 릴랙스 시리즈. 너 『어린 왕자』 좋아하잖아."

릴랙스 시리즈는 나와 은우주가 좋아하는 힐링 게임이

다. 버전에 따라 숲이나 바다, 호수 등에 누워서 휴식을 취하는 게 플레이의 전부다 보니 호불호가 극과 극으로 나뉘었다. 내 주변에도 이 시리즈를 좋아하는 건 은우주밖에 없었다. 은우주도 처음에는 별로 관심을 보이지 않았는데 나와 몇 번 함께 가더니 마니아가 되었다.

"어린 왕자와 바오바브나무. 바오바브나무 아래에 누워서 쉬고 있으면 확률에 따라서 어린 왕자가 우주를 날아가는 걸 볼 수 있습니다……."

나는 액정에 뜬 광고 영상 속 문구를 소리 내어 읽었다. 광고 속에는 남녀 한 쌍이 바오바브나무 아래에 나란히 누워 있었다. 편안한 자세로 누워 있던 그들 앞에 별똥별이 떨어졌고, 그들은 몸을 일으켜 서로를 껴안았다. 여기서도 연애라니. 흥미가 뚝 떨어져서 액정에서 눈을 뗐다.

"난 패스. 오늘 집에 일찍 가야 해."

은우주가 내 쪽으로 좀 더 붙어 서며 툭, 어깨를 쳤다.

"잠깐도 안 돼? 그러지 말고 가자."

"『어린 왕자』? 그건 나도 보고 싶다."

한지영이 나와 은우주의 틈 사이를 파고들었다. 은우주는 의외라는 듯 한지영을 바라보았다.

"뭐야, 한지영. 네가 『어린 왕자』를 다 아냐? 책 읽는 애들 이해 못하겠다고 할 땐 언제고."

한지영만이 아니다. 반 애들 대부분이 그렇게 말하고는 했다. 이렇게나 놀거리가 많은 세상에 책이라니. 그래도 이북 스토어에는 계속 신작이 업로드되고, 편집숍에 가면 교복을 입은 애들도 꽤 많이 서성거리는 걸 보면 분명 누군가는 책을 읽고 있다. 하지만 학교에서 대놓고 책을 읽는 애들은 없다. 아니, 없었다. 적어도 1년 전까지는.

"언제 적 이야기야? 요즘 『어린 왕자』 안 읽은 사람이 어디 있어? 완전 붐이었잖아, 리얼 월드 시리즈! 캐리 버전 쓴 작가 인터뷰 동영상, 제대로 터졌잖아. 나도 그거 보고 『어린 왕자』 오디오북 사서 들었지."

1년 전, 리얼 월드에서 발생한 이벤트가 전 세계를 강타했다. 리얼 월드 속 버추얼 휴먼인 38호와 리얼 월드 시리즈 속 등장인물인 캐리의 운명적인 사랑. 국적, 연령, 성별을 불문하고 사람들은 타인의 로맨스를 관람하고 싶어한다. 하지만 그 유효기간은 길지 않다. 사람들은 금세 질리고, 더 흥미로운 로맨스를 찾아 나선다. 38호와 캐리의 로맨스에 대한 열광도 그 정도로 끝났을 터였다. 한 달도 지나지 않아 캐리의 원작자인 정진과 38호를 담당했던 인턴인 하마이의 인연이 보도되지 않았더라면 말이다.

어릴 적 아버지를 떠나야 했던 소녀와 그 아버지의 유품을 간직하고 있던 소년. 사람들은 정진과 하마이에 38호와 캐리를 대입하며 열광했다. 말 그대로 열광이었다. 38호와 캐리를 주인공으로 한 연작 소설은 베스트셀러가 되었고, 두 사람의 사연에 등장하는 『어린 왕자』 열풍이 일어났다. 이제 열풍은 사그라졌지만 코어 팬들에게는 인기가 꾸준히 이어져 오고 있었다.

"하긴, 거의 신드롬이었으니까."

"나 그 후로 오디오북 엄청 샀어. 이거 봐."

한지영은 자신의 휴대폰 액정을 내보였다. 오디오북 플레이 리스트에 『어린 왕자』와 리얼 월드에서 출간한 오디오북이 가득 차 있었다.

"라임이 못 가면 나랑 가자, 게임 센터."

한지영의 말에 은우주는 고개를 가로저었다.

"지영이 너 릴랙스 게임 싫어하잖아. 지루하다고. 라임아, 그럼 나중에 같이 가자."

"왜! 내가 같이 간다니까?"

나는 은우주와 한지영이 토닥거리는 것을 잠자코 바라보았다. 한지영이 왜 은우주와 함께 게임 센터에 가고 싶어 하는지 나는 알고 있었다. 한지영은 은우주를 좋아한다. 한 달 전에 한지영이 내게 말했다. 은우주를 좋아하니 잘 되게 도와달라고. 그날부터 나는 은우주와 한지영이 둘만 있게 해 주려고 나름 애를 썼다. 아침에 셋이 모이기로 약속한 버스 정류장에도 일부러 늦게 나갔고, 점심시간에는 나 혼자 매점에 다녀오겠다고 나서기도 했다. 수영부가 끝날 시간에 맞춰서 은우주를 데리러 가는 역할도 한지영에게 맡겼다. 하지만 아직까지 은우주는 한지영의 마음을 전혀 눈치채지 못한 듯하다.

"라임아, 나중에는 갈 거지?"

싫다고 대답하라는 듯 한지영의 눈썹 끝이 실룩거렸다. 한지영은 은우주를 좋아한다고 털어놓은 이후 조금 이상해졌다. 은우주가 다른 여자애와 말이라도 하면 짜증을 냈고, 은우주가 하는 말은 뭐든 맞장구쳤고, 어디든 함께 가려고 따라붙었다. 예전에는 은우주가 곰 같아서 답답하다고 하더니 이제는 곰 같아서 귀엽다고 했다. 툭하면 내게 은우주가 좋아하는 애가 누구인지 알아봐 달라고 하더니 오늘 오후에는 "혹시 라임이 너도 은우주 좋아하는 건 아니지?"라고 묻기까지 했다. 지금도 그렇다. 예전에 나와 은우주가 릴랙스 게임을 하러 게임 센터에 간다고 하면 취향이 할아버지 같다고, 둘이 실컷 누워 있으라고 비웃던 한지영이었다. 그런 한지영이 지금은 내게 알아서 빠지라는 신호를 보내고 있었다. 한지영의 옆얼굴이 한없이 낯설게 느껴졌다.

"안 가. 나 『어린 왕자』 싫어졌거든."

"왜? 너 캐리 신드롬 일기 전부터 좋아했잖아. 초등학교 때 네가 나한테 책도 읽어 줬는데? 네가 읽어 줄 때는 엄청 재미있었는데 나중에 혼자 읽으니까 무슨 이야긴지 이해가 안 되더라. 내가 너한테 전화해서 나 멍청이인 것 같다고 엄청 투덜거렸잖아."

그랬다. 나는 『어린 왕자』를 좋아했다. 엄마가 내게 어릴 적부터 자주 읽어 주던 책이니까. 엄마는 어린 왕자와 비행사, 여우의 성대모사를 하며 연극을 하듯 재미있게 책을 읽어 주었다. 엄마는 내게 말했다. 『어린 왕자』는 사랑에 대한 이야기고 엄마는 나를 사랑하니까 이 책을 읽어 주는 거라고. 그래서 나는 그 책을 은우주에게 읽어 줬었다.

"그냥 싫어졌어. 나 먼저 갈게."

나는 달음박질쳐 은우주와 한지영에게서 멀어졌다.

"야, 이라임!"

뒤에서 나를 부르는 은우주의 목소리가 들렸지만 뒤돌아보지 않았다. 『어린 왕자』가 싫어진 이유를 굳이 하나 꼽으라면 하마이가 좋아하니까. 캐리 신드롬을 불러일으킨, 나와는 한 번도 만난 적 없는 사람. 하마이가 제출한 기획서를 바탕으로 진행된 프로젝트가 '틴에이지 캐리'였다. 십대 때의 캐리를 버추얼 휴먼으로 재현해서 리얼 월드의 새로운 액터로 투입하는 것을 목표로 한 프로젝트다.

하마이는 알았을까. 이 프로젝트 때문에 열다섯 살 이라임의 엄마, 이승연이 반년 넘게 엄청난 업무량에 시달리며 야근을 밥 먹듯이 하게 될 것을. 그리고 열다섯 살 이라임이 진짜 사람도 아닌, 심지어 공개되지도 않은 버추얼 휴먼 '리틀 캐리'를 질투하게 될 것임을 말이다.

'너도 은우주를 좋아하냐니, 뭐 그런 어이없는 질문이 다 있어?'

한지영의 질문을 떠올리자 달음박질이 더 빨라졌다. 점점 숨이 어깨까지 차올랐다. 하지만 나는 뛰는 것을 멈추지 않았다.

'당연히 좋아하지.'

나는 절대, 이 사실을 누구에게도 말하지 않을 것이다.

*

탁자 위에는 엄마가 좋아하는 하와이안 피자와 콜라, 핫윙이 놓여 있고 그 옆에 노트북에서 영화가 재생되고 있었다. 모포를 뒤집어쓰고 소파에 기대어 앉은 엄마의 시선은 노트북에 고정된 채였다. 나도 피자를 한 조각 잘라 들고 소파에 앉았다. 노트북에 재생되고 있는 영상은 역시나 로맨스 영화였다.

엄마는 로맨스 마니아다. 영화도 로맨스만 보고, 소설도 로맨스만 읽는다. 오늘도 집에 오자마자 옷을 방구석에 벗어 던지더니 소파 위 애벌레가 되어 로맨스 삼매경이었다. 내가 기껏 끓여 놓은 김치찌개에는 눈길도 주지 않고 피자를 주문하더니 한마디 말도 없이 영화만 보고 있었다. 탁자에 올려놓은 저번 달 성적표는 피자 포장지 밑에 깔린 채였다. 두 과목이나 아슬아슬하게 낙제 직전 학점을 받은 성적표였다. 설마 엄마도 이 성적표는 무시하지 못하겠지 싶어서 일부러 놔두었는데 엄마는 성적표가 거기 있는지 눈치도 못 챈 모양이다.

"엄마, 영화 재미있어?"

내가 말을 걸어도 엄마는 모니터에서 시선을 떼지 않고

고개만 끄덕거렸다. 나는 신경질적으로 피자를 입 안에 욱여넣었다. 틴에이지 캐리 프로젝트의 담당자가 된 후, 엄마는 야근하지 않는 날은 무조건 애벌레가 됐다.

엄마의 주의를 끌기에 실패한 나는 어쩔 수 없이 영화를 봤다. 재생되고 있는 건 엄마가 제일 좋아하는, 애벌레가 될 때마다 보는 영화였다. 젊을 때 미혼모가 된 여자가 혼자 아이를 기르다가 멋진 남자를 만나서 사랑에 빠진다는 내용인데, 나는 이 영화가 싫었다. 영화의 주인공이 처한 상황이 너무 엄마와 비슷해서 싫었다.

엄마는 스무 살에 나를 낳아 혼자서 길렀다. 내가 어릴 적, 가끔 사람들이 아빠가 누구인지 궁금하지 않냐고 물어보면 나는 단호하게 고개를 가로저었다. 엄마와 단둘이 지내는 게 너무 당연해서 아빠가 누구인지 궁금하지 않았다. 있다가 없었으면 보고 싶었을지도 모르는데 애초에 없었던지라 보고 싶지도 않았다. 내게는 엄마만 있으면 그만이었다.

그래서 나는 엄마가 이 영화를 보는 게 싫었고, 로맨스 소설에 열광하는 게 싫었다. 엄마가 로맨스를 찾아 언제든 나를 떠날 것만 같아서 불안했다. 하지만 엄마가 좋아하니까 나도 좋아하는 척했다. 이게 내가 학교에서 연애 상담

전문가로 불리게 된 이유였다. 연애를 글로 배운 대표적인 케이스였다. 처음에는 짝사랑을 하던 친구들에게 한두 마디 조언해 준 것이 전부였다. 조언이라고 해 봤자 "고백하기 제일 좋을 때는 마음이 시키는 때다." 같은 로맨스 소설에 나오는 대사를 적당히 말해 주었을 뿐인데, 뭐 때문인지 연애 전문가로 소문이 나 버렸다.

"아, 스트레스 풀린다."

영화가 끝나고 엄마는 길게 기지개를 켰다. 집에 막 돌아왔을 때는 죽은 동태눈이었던 엄마의 눈빛이 초롱초롱 빛났다. 나는 엄마에게 오늘 있었던 일을 털어놓고 싶었다. 한지영이 내게 은우주를 좋아하냐고 물었을 때 내가 어떤 기분이었는지를. 나는 엄마가 뒤집어쓴 모포 안으로 파고 들어갔다.

"엄마, 나 오늘 학교에서……."

"오늘은 진짜 폭발할 뻔했어. 아슬아슬했다니까. 리틀 캐리가 성격 형성이 제대로 안 된다고 한 소리 들었거든."

나와 엄마가 거의 동시에 말했다. 엄마가 눈이 동그래져서 나를 봤다.

"왜? 라임이 너, 학교에서 무슨 일 있었어?"

"아냐, 아무것도. 그냥 학교 지겹다고. 엄마는? 회사 일

많이 힘들었어?”

엄마는 푹 한숨을 내쉬며 나를 등 뒤에서 끌어안았다.

“리틀 캐리의 클로즈 베타 참여자 대부분이 캐리 팬이잖아. 근데 이게 말이 클로즈 베타지, 아이템 구입해야 참여할 수 있는 추첨식이었단 말이야. 나는 반대했어, 그 방식. 돈 많이 쓸 수 있는 사람한테만 유리하잖아. 아니나 다를까 추첨으로 뽑힌 사람들 대부분이 사십 대에서 육십 대야. 지금까지의 리얼 월드 유저랑 연령대가 너무 달라. 그러다 보니 처음부터 자잘하게 문제가 참 많았는데…….”

엄마의 투덜거림이 내 목덜미를 간질였다. 어릴 때 엄마와 함께 모포를 뒤집어쓰고 있으면 말을 하는 건 주로 나였다. 나는 엄마에게 내 모든 것을 알려 주고 싶어서 자주 재잘거렸다. 말하기 바빠서 내 등을 끌어안은 엄마의 얼굴에서 점점 표정이 사라져가는 것을 몰랐다. 엄마는 그때 많이 지쳐 보였다.

내가 초등학교 5학년 때 엄마는 수면제를 아주 많이 먹고 병원에 실려 갔다. 엄마는 너무 잠이 오지 않아서 그랬다고, 약 용량을 잘못 계산한 것뿐이라고 했다. 병문안을 온 사람들은 소곤거렸다.

“혼자 애 키워야 하니 친구도 못 만났을 거 아냐.”

"얼마나 답답하면 잠이 안 오겠어."

"부모님도 일찍 돌아가셨다고 들었어요. 하소연할 데도 없었겠네."

내가 듣고 있는 줄 모르고 한 대화였을 테지만 나는 듣고 말았다.

엄마가 퇴원하고 다시 함께 모포를 뒤집어쓰던 날, 엄마가 『어린 왕자』를 읽어 줬다. 어린 왕자가 술에 취한 어른이 사는 행성에 도착한 부분에서 나는 엄마에게 물었다.

"엄마도 어른이잖아. 엄마는 뭐가 힘들어?"

나는 어떻게든 엄마의 하소연을 들어야만 했다. 그렇지 않으면 엄마가 다시 병원에 실려 갈까 봐 무서웠다. 처음에 엄마는 힘든 거 없다고 얼버무렸다. 하지만 모포를 뒤집어쓸 때마다 내가 거듭해서 묻자 조금씩 회사에서 있었던 일을 이야기해 주기 시작했다. 그때부터 모포 안은 엄마의 하소연으로 가득 찼다.

"지금 베타 유저들은 리틀 캐리를 딸처럼 귀여워하기만 해. 십 대에 대한 자료를 열심히 입력하면 뭐 하냐고. 실제 커뮤니케이션으로 얻어지는 생동감이 없는데. 지금 리틀 캐리는 효도 어플리케이션에 등장하는 NPC처럼 판에 박힌 행동만 해. 앞으로 한 달 후면 리얼 월드에 투입해야 하는데 마케팅 부서에서는 홀로그램 팔 생각만 하고."

"홀로그램?"

"원래 리얼 월드는 홀로그램 구현 서비스는 제공하지 않았잖아. 그걸 리틀 캐리를 시작으로 상품화할 예정이야. 다른 게임과는 다르게 실제 크기로 구현되지 않고 펜던트에서 조그맣게 나오는 거야. 버추얼 게임 개발 초기에 많이 썼던 방식이야."

엄마의 손이 등 뒤에서 뻗어 나왔다. 나는 엄마의 손바닥 위에 놓인 펜던트를 봤다. 카드 크기의 책 모양 펜던트 옆에는 손으로 돌릴 수 있는 태엽이 달려 있었다. 책 표지를 넘기듯 펜던트 덮개를 열자 안에는 '리틀 캐리'라는 이름이 고풍스러운 무늬로 장식되어 있었다.

"뭐야, 이게. 휴대폰하고 연동하면 되는 걸 누가 이런 거까지 사서 홀로그램을 구현해?"

"아날로그 콘셉트로 한정 판매할 거래. 이건 견본품. 지금 딱 하나만 나온 거야. 한 달쯤 지나서 여기에 리틀 캐리의 정보가 연동될 거야. 클로즈 베타 유저들한테 공개했는데 반응이 꽤 괜찮다더라. 휴대폰으로 아무나 불러낼 수 있는 게 아니라, 한정적인 유저만 불러낼 수 있는 게 좋다나."

리틀 캐리를 꼭 희귀한 반려동물 취급하는 거 같잖아,

라는 말이 나오려는 걸 꿀꺽 삼켰다. 엄마는 리틀 캐리를 좋아했다. 엄마는 하마이의 담당자였는데, 그 때문인지 리틀 캐리가 자기 조카같이 느껴진다고 했다. 엄마는 지금도 종종 하마이와 연락하고 지내는 듯했다. 몇 주 전에 하마이와 정진이 사귀는 것 같다고 호들갑을 떨었던 걸 보면 분명 그렇다.

"하지만 이것도 다 리틀 캐리가 제대로 개성 획득이 돼서 제대로 데뷔해야 가능한 건데……. 이제 와서 클로저 베타 유저를 늘릴 수도 없고. 회사에 이야기해도 이전에 틴에이지 프로젝트 때 데이터면 충분하지 않냐는 말만 하고. 그거 다 가져다 썼는데도 괜찮은 딥 러닝이 안 이루어지니까 하는 말인데. 리틀 캐리의 개성은 지금처럼 밋밋한 게 아니라 더 멋진 무언가가 되어야 해. 어휴, 마음 같아서는 내 돈으로라도 어디 십 대 커뮤니티 데이터를 통째로 사서 넣어 버리고 싶다니까."

"엄마는 리틀 캐리가 멋졌으면 좋겠어?"

"그럼! 그래서 언젠가 리틀 캐리가 로맨스 소설의 주인공이 되었으면 해."

엄마는 지난 6개월간 집에서 주야장천 리틀 캐리의 이야기만 했다. 덕분에 나는 아직 공개되지도 않은 리틀 캐리에 대해 많은 것을 알게 되었다. 리틀 캐리가 리얼 월드에 정식 공개되는 날 성대한 데뷔 파티가 있을 거고, 그게 전 세계에 송출될 계획이라는 것도. 나는 엄마의 손바닥 위에 놓인 펜던트를 만지작거렸다. 하마이와 정진의 운명적인 만남으로 만들어진 리틀 캐리. 엄마의 관심을 독차지하고 있는 리틀 캐리. 전 세계의 관심을 받고 있는 리틀 캐리. 아마도 엄청난 사랑을 받게 될 리틀 캐리.

'넌 주인공이구나. 이쪽과 저쪽 세계 어느 쪽이든.'

리틀 캐리, 너도 고민이 있을까. 너는 엄마가 사라질까 봐 매일 조마조마한 기분을 알까. 로맨스 따위는 지긋지긋하다고 생각하면서도 친구들의 연애 상담을 거절하지 못할 때의 답답함과 남자 친구가 없다는 걸 들키면 어떻게 하나 고민할 때의 짜증을 알까. 가장 친한 친구가 내가 오랫동안 좋아해 온 남자애를 좋아한다고 말했을 때의 어지러움을, 과연 너는 알까.

나는 리틀 캐리를 만나고 싶었다. 만나서 등짝을 한 대 세게 차 주고, 엄마에게 하지 못한 말을 마구 퍼부어 주고 싶었다.

그러니까 나는 리틀 캐리가 미웠다.

그것도 아주 많이.

*

로맨스 소설이 싫은 이유는 많고 많지만 그중 하나를 꼽자면 '시련'이다. 로맨스 소설의 주인공은 꼭 시련을 겪는다. 좋아하는 상대와 오해가 생겨서 삽질하는 것 정도는 시련에 끼지도 못한다. 시대가 중세면 독살 같은 암살 정도는 겪어야 하고, 기억상실은 시대 불문 옵션이다. 시대가 현대에 배경이 학교라고 해도 방심해서는 안 된다. 학교에서 일어날 수 있는 일도 무궁무진하다. 질투에 눈이 먼 라이벌이 주인공을 계단에서 떠미는 것 정도는 시련 축에도 들지 못한다. 헬리콥터가 운동장 한가운데 착륙하거나 마피아가 몰려오거나 유체 이탈 정도는 해야 시련이다. 주인공이 온갖 시련을 겪으면서도 사랑을 지키겠다고 구르고 뛰는 장면을 읽을 때마다 짜증이 났다. 현실에서의 사랑도 힘든데 소설 안에서까지 힘들어야 하다니.

더 짜증이 나는 건, 주인공이 저런 시련을 겪을 때마다 주변의 엑스트라들이 죽어 나간다는 것이다. 주인공에게 커피 한 잔 가져다줬다고 죽고 라이벌과 친구였다는 이유로 죽는다. 죽지 않으면 최소 감옥행인데, 소설이 끝날 때까지 누구도 엑스트라를 감옥에서 꺼내 주지 않는다. 시련을 겪은 주인공이 해피 엔딩을 맞은 후에도 엑스트라가 감옥에서 나왔는지 안 나왔는지, 죽었는지 살았는지 아무도 신경을 쓰지 않는다. 주인공의 시련은 주인공에게는 행복으로 가는 문이지만, 엑스트라에게는 말 그대로 늪이다.

"라임아, 나 연애 상담 좀 해 줘."

은우주가 점심시간에 교실에 찾아와 말했다. 점심시간은 축구하기도 짧다고 툴툴거리던 애가 무슨 일인가 싶었는데, 연애 상담이란다. 은우주가 그 말을 꺼낸 순간 내 옆에 앉은 한지영이 툭 내 실내화 끝을 쳤다.

"그래. 언제?"

"학교 끝나고. 나 동아리 끝날 때까지 기다려 줄 수 있어? 둘이서만 이야기하고 싶어. 그때쯤이면 교실에 애들 없잖아."

"오케이. 이 누님이 특별히 기다려 줄게."

은우주가 고개를 끄덕이며 교실을 나가자 한지영은 들뜬 목소리로 내게 물었다.

"우주가 드디어 내 마음을 눈치챈 것 같지? 너한테 상담해 달라는 걸 보니까."

나는 그냥 웃어 보였다. 내가 독심술사도 아니고 은우주의 마음을 어떻게 알겠니, 못된 말이 뭉게뭉게 피어올랐지만 꾹 참았다.

“라임아, 나 네가 우주 상담해 주는 거 들어도 돼?”

“우주가 네가 있으면 말을 안 하지 않을까. 둘이서만 이야기하고 싶다고 했으니까.”

“이 교실에서 만날 거잖아. 청소 도구함에 숨어 있을게. 우주가 나에 대해서 뭐라고 말할지 너무 궁금해서 그래.”

나는 잠시 고민하다가 고개를 가로저었다.

“우주한테 거짓말하긴 좀 그래. 내가 잘 듣고 전해 줄게.”

한지영의 입가가 삐죽하니 위로 올라갔다. 그때부터 한지영은 계속 나와 눈도 마주치지 않다가 수업이 끝나자마자 다른 친구들과 어울려 교실을 나가 버렸다. 내가 지영아, 라고 불러도 뒤돌아보지 않았다. 나는 한지영을 따라 복도로 나가며 잠시 고민했다. 지금 당장 한지영을 달래 주는 게 좋을까. 하지만 한지영의 뒷모습을 보고 있으니 피로가 확 몰려왔다.

‘어차피 내일이면 우주가 무슨 말 했냐고 아무렇지 않게 물어볼 거야.’

나는 잠시 복도에 서 있다가 발걸음을 옮겼다. 반 애들이 모두 교실을 떠날 때까지 다른 곳에 가 있을 생각이었다. 나는 복도 끝에 위치한 휴게실에 들어가 소파 한쪽에 자리를 잡고 앉았다. 그리고 태블릿 피시를 켜 검색 창에 리틀 캐리를 쳤다.

데뷔 날짜가 다가온 리틀 캐리, 1억 2천만 유저 중 78퍼센트가 리틀 캐리에 긍정적, 캐리 시리즈에 정진 '리틀 캐리' 소설화 참여 가능성……. 대부분 이미 알고 있는 내용의 기사 제목이었다. 나는 기사 읽는 걸 그만두고, 클라우드로 들어가 작년에 찍은 사진을 훑어보았다. 대부분이 은우주와 한지영, 둘과 함께 찍은 사진이었다. 환하게 웃고 있는 사진 속 한지영의 얼굴이 낯설었다. 한지영은 변했다. 은우주를 좋아해서, 변해 버렸다. 누군가를 좋아하게 되면 변하는 걸까. 그렇다면 영원히 누구도 좋아하고 싶지 않았다.

나는 태블릿 피시를 끄고 소파 등받이에 기대어 눈을 감았다. 얼마인가 눈을 감고 있자 휴게실 밖 복도에서 새어 들어오던 말소리가 전혀 들리지 않게 되었다. 나는 몸을 일으켜 교실로 향했다. 교실에는 은우주뿐이었다. 나는 교실 안으로 들어가 은우주의 앞자리에 앉았다.

"어디 갔다 왔어? 동아리 끝나고 왔는데 없어서 놀랐잖아."

"휴게실. 자, 그럼 털어놔 봐. 네가 연애에 관심 있는 줄 몰랐는데 연애 상담이라니, 나 좀 놀랐다?"

내 목소리가 평소보다 부자연스럽게 교실 안에 울렸다. 나는 허공을 떠도는 먼지가 하늘하늘 춤추다가 은우주의 코끝에 내려앉는 것을 봤다. 그러다 은우주와 눈이 마주쳤다. 은우주가 무슨 말을 할지 알 것 같았고, 그 말을 하지 않기를 바랐다.

"이라임, 나 너 좋아해."

은우주가 입을 열자 먼지는 다시 허공으로 떠올라 어디론가 사라졌다. 덜컹. 교실 뒤 청소 도구함이 열렸고, 나와 은우주는 동시에 교실 뒤를 바라보았다. 한지영이 그곳에서 있었다. 활짝 열린 커다란 청소 도구함 앞에 선 한지영의 얼굴은 불타듯 빨갛게 달아올라 있었다.

"이라임, 네가 어떻게 나한테 이래?"

영문 모르겠다는 표정으로 나와 한지영을 번갈아 바라보는 은우주와 원망 가득한 눈으로 나를 바라보는 한지영 그리고 친구의 짝사랑 상대에게 고백 받은 나. 한지영이 교실 밖으로 뛰쳐나갔고, 나는 반사적으로 그 뒤를 쫓으려 했다. 순간 은우주가 내 팔을 붙잡았다.

"대답 안 해 줄 거야?"

나는 내 팔을 붙잡고 있는 은우주의 커다란 손을 내려다

보았다. 이것까지도 너무나 상투적인 로맨스 소설의 한 장면 같았다. 나는 은우주의 손등을 가볍게 찰싹 때렸다.

"은우주, 눈치 좀 챙겨. 지금 중요한 건 그게 아냐."

"나한테 지금 네 대답 말고 뭐가 중요해?"

은우주는 외모는 많이 변했지만 성격은 그다지 변하지 않았다. 어릴 적부터 자신의 마음을 잘 숨기지 못하고 눈치가 없던 은우주. 은우주는 내가 모른 척해 왔다고 생각하지 않을 것이다. 은우주가 흥미도 없던 릴랙스 게임을 좋아한다고 한 이유를, 정말 내가 모른다고 생각했을 것이다. 내가 그걸 모른 척하느라 얼마나 힘들었는데. 그래서 나는 은우주가 좀 미웠다. 나는 우리가 함께하는 날들이 변하지 않기를 바랐을 뿐이었다.

"내가 주인공일까, 엑스트라일까?"

"무슨 말이야?"

"아무것도 아냐. 따라오지 마. 나, 지영이랑 할 말 있어."

나는 은우주의 손에서 팔을 빼냈다. 교실을 나와 계단을 뛰어 내려갔지만 한지영의 모습은 어디에도 보이지 않았다. 나는 한참을 운동장 한가운데 우두커니 서 있다가 교문을 나섰다.

주인공일까, 엑스트라일까.

그 답은 다음 날 바로 알 수 있었다. 친구가 좋아하는 남자를 빼앗으려고 한 배신자. 학교에는 그런 소문이 쫙 퍼졌다. 게다가 남자 친구가 있는데도 그랬으니 더욱더 용서할 수 없다고, 한지영의 친구들이 인간 스피커라도 된 듯이 떠들고 다녔다. 아이들은 이라임이 역시 한지영에게 붙어 다니는 이유가 있었다고 수군거렸다. 내게 반박의 기회는 주어지지 않았다. 아이들의 따돌림은 은밀하고도 신속하게 이루어졌고, 한지영은 나를 피했다. 나는 늪에 한 발을 담근 엑스트라였다. 비난 섞인 눈짓과 침묵이 나를 늪으로 밀어 넣는 동안, 나는 한지영에게 계속해서 메시지를 보냈다. 답은 한 번도 오지 않았다. 은우주는 내게 왜 한지영이 함께 하교하지 않는지도, 자신의 고백에 왜 대답하지 않는지도 묻지 않았다.

그로부터 나흘째 되던 날 점심시간에 매점을 갔다 왔는데 책상 위에 놓아둔 태블릿 피시가 보이지 않았다. 서랍 안, 사물함 속까지 샅샅이 뒤졌는데도 없었다. 혹시나 싶어 쓰레기통 안을 들여다보았다. 작은 웃음소리가 내 등에 달라붙었다. 나는 주먹을 꽉 쥐고 교실을 나왔다. 복도에서 은우주를 마주쳤다. 은우주는 내게 무언가 말하려 했지만 나는 은우주를 지나쳐 계단을 뛰어 내려갔다. 교실 창 아래, 화단에 태블릿 피시가 있었다. 높은 곳에서 떨어진 듯 위쪽이 깨진 채였다. 집어 들고 전원을 켜 봐도 작동하지 않았다. 그 태블릿 피시는 엄마가 내 중학교 입학 선물로 사 준 거였다.

나는 태블릿 피시를 움켜쥐고 다시 학교 안으로 들어갔다. 교실로 향하는데 복도에 한지영이 서 있었다. 대여섯 명의 아이들과 웃고 떠들고 있는 한지영을 보자마자, 나는 손에 들고 있던 태블릿 피시를 던졌다. 퍽, 태블릿 피시는 한지영이 서 있던 뒤쪽 복도 벽에 맞고 바닥에 나뒹굴었다.

"무슨 짓이야, 너!"

한지영이 눈이 휘둥그레져 나를 향해 소리쳤다.

"너야말로 뭐 하는 건데? 할 말 있으면 직접 해!"

나도 지지 않고 소리쳤다. 복도가 한순간 조용해졌다. 나는 그대로 교실로 들어가 가방을 챙겨 들고 나왔다. 한지영은 자리에 주저앉아 어깨를 들썩였고, 주위의 아이들이 한지영을 위로했다. 몇몇은 나와 한지영을 번갈아 바라보았다. 나는 한지영의 옆을 지나쳐 계단을 내려갔다. 라임아, 이라임. 은우주가 나를 불렀지만 뒤돌아보지 않았다. 당장 학교를 벗어나지 않으면 몸 전체가 늪 아래로 가라앉아 버릴 것만 같았다.

집에 들어가자마자 방에 들어가 방문을 잠갔다. 다음 날도, 그다음 날도 학교에 가지 않았다. 엄마는 여전히 새벽이 되어서야 집에 돌아왔다. 무단결석한 지 나흘째 되는 날에는 아침 열 시가 넘어 일어났다. 엄마는 아직 출근 전이었고, 나와 엄마는 함께 콘플레이크에 우유를 부어 먹었다.

"엄마, 나 태블릿 피시 망가졌어."

"그래? 일단 내가 쓰던 거 줄게."

그뿐이었다. 엄마는 리틀 캐리의 아버지 역할인 버추얼 휴먼의 데이터에도 변화를 주기로 했다는 이야기만 했다. 내가 학교에 가지 않는 걸 모르는 걸까 싶었지만 그럴 리가 없었다. 학교에서 엄마에게 전화가 갔을 터였다.

엄마가 출근한 뒤, 태블릿 피시를 켜고 거실 소파에 드러누웠다. 계정에 로그인하자 메시지가 쏟아져 들어왔다. 주로 담임과 은우주에게서 온 것이었다. 한지영과 싸우고 집에 돌아온 날 이후 휴대폰은 내내 꺼 놓은 상태였다. 은우주가 보낸 메시지를 위부터 아래까지 쭉 훑어보았지만, 차마 눌러 볼 수가 없었다. 대신 담임이 보낸 메시지 중 가장 최근에 온 것을 확인했다.

라임아. 네가 지영이에게 테블릿 피시를 던진 일이 문제가 되고 있어. 이번 달 말에 징계처분 위원회가 열리는데, 거기에 너와 지영이 안건이 올라갔단다. 그날 보호자분이 꼭 학교에 오셔야 해. 네가 직접 와서 변론하면 더 좋고. 지영이 이야기 들어 보니 그냥 장난치다가 그런 것 같으니까 출석만 하면 될 거다. 물론 그 전에 학교에 올 거라고 믿는다.

나는 달력을 봤다. 위원회가 열리는 날짜가 리틀 캐리의 데뷔 파티 날과 같았다. 엄마가 그날 리틀 캐리의 데뷔 파티를 포기하고 나와 함께 위원회에 갈 것 같지는 않았다.

'엄마도 위원회 열린다는 거, 알고 있겠지?'

그래서 내게 아무 말도 하지 않는 건가 싶었다. 데뷔 파티를 준비하는 것만으로 골치가 아프니 나까지 신경 쓰기 싫다는 무언의 신호일지도. 짜증이 나서 메시지를 닫고 괜히 태블릿 피시만 꾹꾹 누르는데 리얼 월드 로그인 창이 액정에 떴다. 무심결에 아이콘을 누른 모양이었다.

'이 아이디 엄마 거 같은데. 이걸로 로그인하면 리틀 캐리를 만날 수 있는 거 아냐?'

지금 내가 처한 상황도, 풀 곳 없는 짜증도 모두 리틀 캐리의 탓인 것만 같았다. 나는 로그인 버튼을 눌렀다. 리틀 캐리를 만나서 말할 생각이었다. 모두가 너를 좋아한다고 생각하겠지만 나는 네가 싫다고. '관리자 모드'라는 글자가 화면 한쪽에 작게 떠 있었다. 엄마의 아바타로 접속했다가는 금세 들킬 것 같아서 아바타를 따로 만들기로 했다. 기본형을 선택하자 검은 머리카락에 둥그런 눈을 가진 아바타가 생성되었다. 좀 밋밋한가 싶어서 종족을 '수인'으로 설정했다. 그러자 뾰족한 여우 귀와 꼬리가 생겨났다. 나는 방에 들어가 버추얼 안경을 찾아 썼다. 안경을 쓰고 액정을 보자 내 시야가 푸른 하늘빛으로 물들었다. 최신 렌즈보다는 성능이 떨어져도 감각 재현도는 나쁘지 않았다.

한참이나 하늘을 날다가 내려앉은 곳은 숲속이었다. 하늘을 가릴 듯이 키가 큰 나무들이 빽빽하게 선 숲은 어두웠다. 내가 서 있는 길 아래쪽으로 작은 이층집이 보였다. 저곳이 리틀 캐리의 집일 것이다. 클로즈 베타 기간 동안 리틀 캐리는 일부 베타 유저와 관리자만 접속할 수 있는 구역에서 지내다가 데뷔 파티 후 도시 맵으로 이동하게 될 것이고, 그때부터 아버지 역할인 버추얼 휴먼과 함께 지내게 될 거라는 기사를 읽었다. 굳이 그래야 하나 생각했었다. 처음부터 아버지와 함께 지내면 되는 거 아닌가.

물론 알고 있었다. 리틀 캐리가 열일곱 살로 설정된 이유, 아버지와 떨어져 지냈다가 만난다는 설정을 갖게 된 이유를. 하마이가 열일곱 살이 되어서야 한국에 돌아왔기 때문이다. 캐리에 하마이를 대입하며 몰입했던 사람들은 리틀 캐리를 통해 하마이의 또 다른 삶을 보고 싶어 했다. 하마이가 한국에 돌아왔던 열일곱 살 때 아버지가 살아 있었다면 그녀의 삶은 어떻게 바뀌었을까를 말이다. 리틀 캐리는 캐리 신드롬의 연장이자 하마이라는 한 사람에 대한 관음증을 충족시켜 줄 대체물이었다.

막상 집 앞에 도착하니 대문을 두드리기가 망설여졌다. 울타리 바깥쪽에 서서 안쪽을 바라보는데 대문이 열렸다. 집 안에서 나온 사람이 누구인지 나는 한눈에 알아봤다. 검은 머리카락에 살짝 처진 눈매를 가진, 수많은 사람에게 알려진 그 얼굴로 모델링된 소녀가 거기에 있었다.

"누구니, 넌? 처음 보네."

리틀 캐리와의 첫 만남이었다.

*

"내 또래 애가 온 건 처음이야. 그것도 여우 수인이라니, 진짜 좋다. 날 찾아오는 사람들은 다 나이가 많아. 와서 다 비슷비슷한 말만 하고 간다니까. 승연 이모는 그 사람들과 대화하다 보면 내가 뭔가 배우는 게 있을 거라는데, 무슨. 그런 거 없어."

리틀 캐리는 내 앞에 주스가 든 컵을 내려놓았다. 오렌지 주스 위에 색색의 파핑 캔디가 잔뜩 뿌려져 있었다. 노란 주스 위에 둥둥 떠 녹아내리는 파핑 캔디의 색감이 더없이 강렬했다. 주스만이 아니었다. 리틀 캐리의 방 벽에는 입술에 피어싱을 한 로큰롤 가수의 팸플릿이 마구 붙어 있었고, 바닥에는 색색의 고무공이 잔뜩 깔려 있었다. 벽지는 핫 핑크인데 침대 시트는 온갖 영어 욕이 적혀 있는 검은색이었다. 한마디로 리틀 캐리의 방은 아주 정신없었다. 나는 벽에 붙은 팸플릿을 가리켰다.

"저 가수 좋아해?"

"몰라, 누군지. 인터넷 검색해서 찾은 거야. 저런 포스터 붙여 놓으면 어른들이 질색한다길래. 고무공도, 벽지도, 시트도 다 그래서 해 놓은 건데 통 효과가 없네."

"어른들 오는 거 싫어?"

"싫다기보단 지겨워. 그 사람들, 와서 매일 한다는 말이 캐리 이야기야. 캐리가 소설에서 얼마나 멋졌는지, 캐리가 얼마나 대단한지, 그놈의 캐리, 캐리, 캐리! 아니, 캐리 찬가를 펼칠 거면 자기들끼리 팬클럽 만들어서 할 것이지 왜 나한테 와서 그러는데? 내가 캐리니?"

투덜거리는 리틀 캐리의 모습이 왜인지 엄마와 닮아 보였다. 아무리 봐도 전형적인 착한 손녀처럼 보이지는 않았다. 어쩌면 내가 등록된 베타 유저가 아니라 그럴 수도 있겠다는 생각이 들었다. 클로즈 베타 유저는 리틀 캐리에게는 이용자, 즉 손님이니 대응 매뉴얼이 입력되어 있을 수도 있을 것이다.

"다들 나한테 캐리만큼 좋은 작품의 주인공이 되어야 한다고 말하는데 진짜 짜증나."

건강상의 이유로 어릴 적부터 숲에서 지낸 리틀 캐리는 열일곱 살 생일에 도시로 돌아가 아버지와 함께 살게 된다. 숲에서 지낼 때부터 연기에 흥미를 가진 캐리의 고군분투 성장기, 이게 리틀 캐리의 설정이다. 설정에서 캐리는 리틀 캐리의 언니 포지션이다. 소설에서 이십 대 중반으로 나온 캐리를 어머니라고 설정하는 건 무리였을 거다. 하지만 설정이 그렇게 잡혀 있다고 해도 사람들은 캐리를 리틀 캐리의 어머니라고 여겼다. 그러니 캐리의 팬들이 몰려와서 캐리의 이야기만 하는 것도 무리는 아니다. 클로즈 베타라 이 정도지 리틀 캐리가 정식으로 리얼 월드에 투입되면 몇십 배는 더 시달려야 할 것이다.

그렇게 생각하니 리틀 캐리에게 약간의 동정심이 생겼다. 게다가 사람들이 찾아오는 게 싫다고 암흑의 아우라를 내뿜고 있는 애한테 "나 너 싫어."라고 해 봤자 전혀 타격을 주지 못할 것 같았다. 자고로 "나 너 싫어."라는 한마디가 파괴력을 가지려면 둘 중 한 가지 조건은 갖추어야 한다. 상대가 나를 엄청나게 좋아하거나 혹은 상대가 누구에게 미움받는 것을 못 견딜 정도로 사랑만 받아 온 존재거나. 난 리틀 캐리가 후자일 거라 생각했었다. 태어나면서부터 많은 사람의 사랑만 받고 자란, 어리광쟁이 손녀 같은 캐릭터인 줄 알았다. 하지만 내 예상이 틀렸다. 리틀 캐리는 내가 상상했던 것보다 훨씬 평범했다. 리틀 캐리를 향했던 분노가 슬그머니 사그라졌다.

"난 이만 갈게."

자리에서 일어나는데 리틀 캐리가 내 손을 덥석 붙잡고 속사포처럼 질문을 쏟아 냈다.

"왜? 좀 더 있다 가. 오늘은 더 찾아올 사람도 없어. 넌 도시에서 왔지? 도시는 어때? 내 또래 애들이 많이 있지?"

나는 리얼 월드에 미성년인 버추얼 휴먼은 너뿐이라고 대답하려다가 그만두었다. 버추얼 휴먼이 자신이 버추얼 휴먼임을 인지하는 게임도 있지만, 리얼 월드는 유저 몰입

도를 위해 액터 역할을 맡은 버추얼 휴먼에게 몇몇 단어를 필터링해 전송한다. 버추얼 휴먼은 필터링되는 대표적인 단어였다.

팬이 있으면 안티도 있는 법이다. 이전 이벤트 때는 38호에게 욕설이 섞인 메시지를 보내는 유저도 많았다. 버추얼 휴먼이라는 말을 쓰지 못하게 한다고 저게 진짜 인간이라도 되냐는 식의 빈정거림이었다. 그 결과 필터링 과부화가 일어났고 그걸 해결하는 건 스쿨 프로젝트의 팀장인 엄마의 몫이었다. 걸러질 걸 알면서도 굳이 쓰는 이유가 뭐냐고, 엄마는 야근에 시달리고 온 새벽마다 울부짖었다.

"많이 있지."

거짓말은 아니었다. 미성년 버추얼 휴먼은 캐리 혼자여도, 유저 중에는 미성년자도 꽤 있고 미성년자와 외향이 비슷하게 구현된 버추얼 휴먼도 있었다.

"넌 친구도 있지? 친구들이랑 있으면 늘 즐거울 것 같아."

"그렇게 즐겁지만은 않아."

불쑥 속마음이 튀어나왔다.

"왜?"

파핑 캔디는 그때까지도 톡톡 소리를 내며 컵 안에서 녹고 있었고, 테이블에 얼핏 비친 내 정수리 쪽에는 여우 귀가 쫑긋거리고 있었다. 현실의 거울 속 내 얼굴과는 너무나 다른 얼굴의 나. 여기서는 무슨 말을 해도 괜찮지 않을까 하는 충동이 치솟아 올랐다. 나는 리틀 캐리에게 은우주와 한지영, 두 사람과 있었던 일 그리고 집에 틀어박히게 된 것까지 말했다. 처음에는 더듬더듬 이어지던 말이 곧 파도처럼 밀려 나왔다. 내가 이야기를 마무리했을 때, 파핑 캔디는 완전히 녹아 사라져 있었다.

"별일이 다 생기는구나, 친구가 있으면."

리틀 캐리는 내 이야기를 다 듣고 그렇게만 말했다. 힘내, 라거나 괜찮아질 거야, 라는 상투적인 위로를 건네지 않는 것이 고마웠다.

"근데 로맨스 소설이 어떤 거길래 네가 거기 엑스트라야?"

"한 번도 읽어 본 적 없어?"

"여기 책 없어. 와이파이도 정해진 시간에만 터져."

클로즈 베타 기간이라서 딥 러닝 제한을 걸어 놓은 모양이었다. 그래도 이건 너무 과한 제한이 아닌가 싶었다. 풀 죽은 표정으로 손톱 끝을 튕기는 리틀 캐리가 가여웠다. 하루 종일 인터넷을 쓸 수 없다니. 그건 거의 고문이다. 나라면 단 하루도 버티지 못할 것이다.

“좋은 작품의 주인공이 되려면 좋은 작품을 좀 봐야 하는 거 아니니? 승연 이모는 도시에 간 뒤에는 원하는 건 다 읽고 볼 수 있을 거라던데, 왜 그때까지 참아야 하는지 모르겠어. 참으라고 하는 게 그거 하나만도 아니야.”

“또 뭘 참으라고 하는데?”

“숲의 경계선 너머로 나가지 말래. 경계선 너머에 무서운 괴물이 산다나.”

그거 거짓말이야, 라는 말을 꿀꺽 삼켰다. 리틀 캐리가 말한 괴물이 뭔지 나도 알고 있었다. 하마이의 인기가 많아지자 그의 아버지가 쓴 소설도 출판되었는데, 그 소설에 괴물이 나왔다. 저주에 걸린 검은 괴물. 하지만 그 괴물은 캐리를 사랑해서 캐리가 집을 떠나려 할 때 목소리를 낼 수 없게 된 척 일부러 캐리를 부르지 않는다. 그 괴물을 리틀 캐리를 겁주는 데 사용하다니. 그 무신경함에 화가 났었다.

“내가 다음에 로맨스 소설 좀 가져다줄게.”

“다음에 또 올 거야, 너? 언제쯤 올 건데?”

리틀 캐리는 손을 뻗어 내 여우 귀를 살짝 만졌다.

“언제 올지 알려 주면 좋겠어. 그럼 난, 네가 오기 한 시간 전부터 행복할 거야.”

접속을 종료했다. 그저 속마음을 털어놓았을 뿐인데도 늪 아래에 짓눌리듯 가라앉아 있던 몸이 조금 위로 떠오른 것만 같았다. 나는 태블릿 피시를 들여다봤다. 은우주가 보낸 메시지는 여전히 깜빡이고 있었다. 고민하다가 가장 위의 메시지를 클릭했다.

라임아, 무슨 일인지 몰라도 내가 도와줄게.

신경질적으로 메시지를 껐다. 내가 좋아했던 은우주의 천진난만함은 무신경의 다른 말이었다. 은우주는 한지영에게 무슨 일이냐고 물어봤을 거다. 한지영은 별일 아니라며 얼버무렸을 테고, 그걸로 끝이다.

'징계 위원회에 출석해도 마찬가지일 거야.'

한지영은 나와의 싸움이 별것 아니라고 말할 거고, 사람들은 그 말을 믿을 것이다. 내가 괴롭힘을 당했다는 증거는 어디에도 없었다. 오히려 내가 한지영에게 태블릿 피시를 던진 게 문제가 될 가능성이 높았다. 원래 그런 법이다. 결정적인 순간에 누명을 벗겨 줄 증거를 가지고 등장하는 왕자님은 오로지 주인공을 위해서만 존재한다.

나는 검색 창을 켰다.

‘리얼 월드에서 버추얼 휴먼이 전자책을 아이템처럼 소지할 수 있었나? 게임 안에서는 리얼 월드 시리즈만 읽을 수 있다고 했던 것도 같고……. 리얼 월드 시리즈 중에 로맨스 소설이 뭐가 있더라.’

리틀 캐리에게 어떻게 하면 로맨스 소설을 가져다줄 수 있을까. 나는 그 방법을 찾는 데 몰두했다. 그래야 눈앞에 닥친 현실의 문제를 잊을 수 있었다.

*

학교에 가지 않은 지 열흘이 지났다. 나는 매일 오전 열 시쯤 일어나서 빵을 먹으며 리얼 월드에 접속했다. 리틀 캐리를 찾아가기로 약속한 시간은 오후 네 시였지만, 게임 말고는 딱히 할 게 없었다. 나는 리틀 캐리의 집 근처 숲을 돌아다녔다. 숲의 경계선 너머로는 갈 수가 없었는데, 맵 자체가 구현되어 있지 않은 듯했다.

“저번 책은 별로였어. 주인공이 한 거라곤 결국 귀여운 얼굴로 태어난 것뿐이잖아. 감옥에 갇혔을 때도 아무것도 안 하고. 주인공이 너무 수동적인 건 내 취향 아니야.”

“나도! 말이 통하네. 엄마는 로맨스의 재미는 멋진 남자가 주인공을 구하러 오는 거라고 하는데, 내 생각은 달라. 멋진 남자랑 이어지는 건 어디까지나 결과지. 읽을 때의 재미는 주인공이 이 상황은 내가 해결하고야 만다, 이런 마음가짐으로 사건에 뛰어들 때라고."

나와 리틀 캐리는 책을 한가운데 놓고 열띤 토론을 벌였다. 엄마가 바쁘지 않을 때 영화나 소설을 같이 보고 이야기하던 것과 비슷해서 즐거웠다. 나는 리틀 캐리에게 시시콜콜한 이야기를 털어놓았다. 은우주나 한지영에게는 말할 수 없었던 속마음도 리틀 캐리에게는 이야기할 수 있었다. 나와 리틀 캐리가 나누는 이야기는 오직 두 사람 사이의 비밀이었으니까. 리틀 캐리는 나의 안전한 대나무 숲이었다. 임금님 귀가 당나귀 귀라고 외쳐도 돌아오는 메아리 따위 없는 안전한 비밀의 숲. 리틀 캐리와 함께 지내는 시간은 날이 갈수록 늘어 갔다.

"라임이 너, 징계처분 위원회는 어떻게 하기로 했어?"

리틀 캐리가 불쑥 물었다. 나는 탁자 위에 놓인 파핑 캔디를 하나 집어 입에 넣었다.

"안 갈 거야. 어차피 엄마도 못 갈 거고."

"말도 안 했다며. 말을 해."

"말해 봤자야. 엄마는 나한테 관심 없어. 일하기만 바쁘고.”

리틀 캐리는 자신의 담당자인 이승연이 내 엄마라는 것을 몰랐다. 엄마를 무관심하게 만든 바쁜 일거리가 자신이란 것도 몰랐다. 리틀 캐리와 친해진 지금, 그 사실을 알게 하고 싶지 않았다. 리틀 캐리를 일거리 취급한 것이 미안해졌다. 나는 이야기를 돌리려고 책을 뒤적거렸다.

“상황을 해결하는 주인공이 좋다더니, 너는 왜 아무것도 안 해?”

책을 뒤적이던 손이 멈췄다. 대나무 숲 안에 메아리가 쩌렁쩌렁 울리기 시작했다. 평온하던 방 안 공기가 급속도로 냉랭해졌다. 나와 캐리는 서로를 노려보았다.

“너도 아무것도 안 하잖아. 괴물 무서워서 숲에서 나가지도 못하고 너 만나러 오는 사람들한테 불평도 못 하고. 좋겠다, 넌? 아무것도 안 해도 주인공이라서.”

리틀 캐리가 내 팔목을 잡더니 자리에서 벌떡 일어났다.

“가자.”

나는 리틀 캐리에게 팔목이 잡힌 채로 집을 나섰다. 앞서 걷는 리틀 캐리의 걸음은 점점 빨라졌다. 나와 리틀 캐리는 집에서 이어진 길을 걸어 올라갔다. 길에 풀이 점점 무성해지고 나무가 점점 하늘을 가렸다. 안으로, 점점 더 안으로. 리틀 캐리는 숲의 경계선 앞에서 멈췄다.

"너 뭐 하려고?"

괜한 질문이었다. 나는 리틀 캐리가 무엇을 하려는지 알았다. 말려야 한다고 생각했다. 리틀 캐리가 이 경계선을 넘을 수 없는 건 괴물 때문이 아니다. 맵이 만들어지지 않은 게임 속 세계를 게임 속에 사는 버추얼 휴먼이 가지 못하는 건 당연한 일이다. 그 당연한 일을 가지고 나는 리틀 캐리를 비난했다. 리틀 캐리가 내게 한 말이 너무나도 맞는 것이라 화사 나서, 부당한 비난을 했다.

"잘 봐. 내가 아무것도 안 하는지."

경계선을 향해 손을 뻗는 리틀 캐리는 아랫입술을 꽉 깨물고 있었다. 뻗은 손의 손가락 끝이 덜덜 떨리는 것이 너무나 선명하게 보였다. 그 결연한 의지를 차마 말릴 수가 없었다. 리틀 캐리의 손가락 끝이 경계선을 넘자, 해상도가 맞지 않는 영상처럼 손가락 끝의 픽셀이 분해되어 일그러졌다. 리틀 캐리가 나를 돌아보았다. 나와 리틀 캐리의 시선이 마주친 그때였다. 삐익, 하는 경고음과 함께 갑자기 접속이 종료되었다. 게임에서 튕겨져 나온 나는 액정에 떠오른 로그인 버튼을 황망히 바라보다 다시 로그인 버튼을 눌렀다. 하지만 에러 표시만 뜰 뿐 접속이 되지 않았다.

혹시 리틀 캐리에게 무슨 일이 생긴 건가 싶어 로그인 버튼을 누르는 손이 자꾸만 미끄러졌다. 액정에 구멍을 낼 기세로 계속 버튼을 클릭하는데 전화벨이 울렸다. 엄마였다. 통화 버튼을 누르자마자 엄마의 다급한 목소리가 터져 나왔다.

"리틀 캐리의 데이터에 문제가 생겼나 봐. 비상 걸렸어. 오늘은 엄마 기다리지 말고 자."

대답할 새도 없이 통화는 끊겼다. 나는 태블릿 피시를 끄고 방으로 들어갔다. 침대에 누워 이불을 뒤집어쓰고 질끈 눈을 감았다. 내가 접속했던 아이디가 엄마의 것이라는 게 그제야 떠올랐다.

'나 때문에 엄마가 회사에서 혼나면 어떻게 하지?'

리틀 캐리에게 그런 말을 하는 게 아니었다. 현실에서도 엑스트라일 뿐인 내가 이미 주인공인 리틀 캐리에게 무슨 자격으로 그런 말을 한 건지 후회가 되었다. 눈을 감고 이불 안에서 한참을 뒤척였지만 쉬이 잠이 오지 않았다.

'리틀 캐리는 왜 경계선 너머로 손을 뻗었던 걸까.'

리틀 캐리의 눈빛과 덜덜 떨리던 손가락이 자꾸만 생각났다. 결국 새벽 다섯 시를 넘기고서야 선잠이 들었다. 꿈속에서 나는 커다란 나무 아래에 앉아 있는 리틀 캐리를 보았다. 허공에는 커다란 시계가 둥둥 떠 있었는데, 시곗바늘이 세 시 오십오 분을 가리키고 있었다. 리틀 캐리는 분침이 움직이자 오십육, 이라고 소리 내어 말했다. 리틀 캐리의 입꼬리가 살포시 위로 올라갔다.

나는 리틀 캐리의 뒤에 서서 시곗바늘이 움직이는 것을 봤다.

"빨리 와, 내 작은 여우."

리틀 캐리가 작게 혼잣말을 했고 철컥, 시곗바늘 겹치는 소리가 사방에 울렸다. 너무나 선명한 소리에 번쩍 눈을 떴다. 그건 시곗바늘 소리가 아니라 현관문이 열리는 소리였다. 나는 벌떡 일어나 방 밖으로 나갔다. 엄마가 현관에 등을 돌리고 앉아 신발을 벗고 있었다. 엄마의 등을 보자 눈물이 나올 것 같았다. 나는 엄마의 등에 와락 매달렸다.

"엄마, 미안해."

엄마의 어깨를 끌어안은 내 손에 엄마의 손이 겹쳐졌다.

"뭐가 미안해?"

"내가…… 엄마 아이디로……."

"다 알아."

나는 엄마의 등에서 스르르 떨어져 바닥에 쪼그려 앉았다. 엄마는 앉은 채 내게로 몸을 돌려 두 팔을 벌려 나를 안았다. 엄마의 품 안에서는 이른 아침의 서늘한 냄새가 났다. 엄마가 내 등을 토닥거렸다.

"알고 있었어. 네가 엄마 아이디로 리틀 캐리 만나러 가는 거. 어떻게 모르겠니. 다른 기기에서 로그인했다는 알림이 와서 얼마나 놀랐는지 알아? 아이피 주소 보니까 너한테 준 태블릿 피시라서 한시름 놨지."

엄마가 작게 웃었다. 엄마의 웃음소리에 불안했던 마음이 조금 진정되었다.

"그런데 왜 안 말렸어?"

문득 엄마의 하소연이 생각났다. 리틀 캐리가 제대로 딥러닝이 이루어지지 않는다고, 십 대 커뮤니티의 데이터라도 몰래 부어 버리고 싶다던 말. 나는 엄마의 가슴팍을 밀어 품 안에서 벗어났다.

"혹시…… 리틀 캐리와 내가 만나는 걸로 데이터 쌓으려고?"

"그런 흑심도 있긴 했지. 요만큼."

엄마는 장난스럽게 손가락으로 표시를 해 보이더니, 다시 나를 끌어안았다.

"엄마가 미안해, 라임아. 네가 학교에 가기 싫어진 이유 말이야. 정말 물어보고 싶었는데 어떻게 물어봐야 좋을지 모르겠더라. 라임이가 왜 나한테 위원회에 함께 가 달라는 말을 안 할까, 혹시 내가 부끄럽나……. 엄마 부모님이 일찍 돌아가셨잖아. 그래서 엄마가 네 나이 때 엄마나 아빠에게 고민을 털어놔 본 경험이 없어. 그래서인지 너한테도 어떻게 물어봐야 좋을지 알 수가 없더라."

내 가슴과 맞닿은 엄마의 가슴에서 심장이 매우 빠르게 뛰고 있었다.

"그런데 네가 리틀 캐리한테는 고민을 털어놨잖니. 그걸 모니터하다가 봤어. 치사하지? 너한테 직접 물어볼 용기는 못 내고. 그런 식으로 훔쳐보기나 하고."

그 떨림만큼 엄마의 진심이 내 몸 안으로 흘러 들어왔다. 나도 엄마를 끌어안았다. 괜찮다고 말하고 싶었지만 입을 열면 울음이 터질 것 같아 엄마를 더 세게 끌어안았다.

'리틀 캐리 말이 맞아.'

좀 더 빨리 말할걸 그랬다. 사실 많이 힘들었다고.

*

오늘은 리틀 캐리의 데뷔 파티 날이었다. 내 징계처분 위원회가 열리는 날이기도 했다.

"라임아, 엄마는 회사에 있다가 곧장 학교로 갈 거야. 위원회는 오후 여섯 시에 시작이래. 넌 진짜 안 갈래?"

엄마는 현관에 서서 내게 다시 물었다. 나는 고개를 끄덕거렸다. 위원회에 가서 한지영에게 따돌림을 당했다고 말해 봤자 학교에서 존재감 희미한 내 말을 믿는 사람은 없을 것이었다. 모두 한지영의 말만 믿을 게 뻔했다.

"데뷔 파티 기대할게. 오후 다섯 시부터지? 꼭 볼게."

"그래, 너 좋을 대로 해. 그리고 이거 받아."

엄마가 내 손을 잡더니, 손바닥 위에 무언가를 올려놓았다. 책 모양의 펜던트였다. 리틀 캐리를 불러낼 수 있다던 그것이었다.

"이걸 왜 나한테 줘?"

게임에서 강제로 로그아웃된 날 이후로 나는 리틀 캐리를 만나러 가지 못했다. 엄마는 내게 줬던 태블릿 피시를 가져가고 새것을 사다 주었다. 나는 리틀 캐리가 어떻게 되었는지 궁금했지만 차마 엄마에게 리틀 캐리를 만나게 해달라고 말하지는 못했다.

"리틀 캐리가 데뷔 파티 전에 꼭 너를 만나고 싶다고 했어. 길게는 작동이 안 돼. 한 시간 정도면 끊길 거야. 만날지 말지는 네가 선택하고."

엄마는 내 손에 펜던트를 남기고는 집을 나갔다. 나는 펜던트를 손에 쥔 채 망설이다가 책 표지를 열고 작동 버튼을 눌렀다. 펜던트 전체에 붉은빛이 돌더니 만화 속 캐릭터처럼 귀엽게 변한 리틀 캐리의 홀로그램이 툭 튀어나왔다.

"미안해!"

나는 리틀 캐리를 보자마자 고개를 숙이며 외쳤다. 리틀 캐리는 대답이 없었다. 고개를 들어 손바닥 위를 보니, 리틀 캐리는 제자리에서 빙글빙글 돌고 있었다. 등장 효과가 있었던 모양이다. 돌기를 멈춘 리틀 캐리는 짜증이 가득한 목소리로 외쳤다.

"짜증 나, 이거. 몸이 너무 작잖아! 목소리는 또 왜 이래?"

"얼굴도 웃겨. 눈이 얼굴의 절반이야."

"미안하다는 사람이 할 말이니, 그게?"

리틀 캐리가 내게 눈을 흘겼다. 나는 다시 한번 미안하다고 말했다. 리틀 캐리가 작은 손을 위아래로 내저었다.

"농담이야. 나 너한테 부탁할 게 있어. 그래서 이런 웃긴 모습으로라도 널 만나게 해 달라고 한 거야. 나, 하마이를 만나고 싶어."

"하마이? 네가 하마이를 어떻게 알아?"

"그만. 시간이 별로 없어. 일단 하마이가 있을 만한 곳으로 가자. 가면서 이야기할게."

평일 오후에 고등학교 3학년이 있을 곳은 높은 확률로 학교였다. 제아무리 하마이가 유명하다고 해도 한국에서 고등학생은 고등학생일 뿐이며 하마이가 레드뱅크 전문학교에 다니는 건 우리나라 사람 중 절반쯤은 알 거다. 나는 펜던트를 손에 쥐고 집을 나섰다. 집에서 레드뱅크 전문학교로 가는 버스를 타고 자리에 앉아 다시 펜던트를 열었다.

"나도 미안했어."

리틀 캐리가 내 손바닥 위에서 작게 고개 숙였다.

"처음 만났을 때부터 네가 이승연 이모 딸인 거 알았어. 찾아오는 사람마다 고유의 번호가 가슴 언저리에 보인단 말이야. 나한테만 보이는 것 같아. 너한테 이모와 똑같은 번호가 보이더라. 하지만 말투로 봐선 아무래도 이모는 아닌 것 같고. 그럼 이모가 자주 이야기하던 딸일 수도 있겠다 싶었지."

"엄마가 너한테 내 이야기를 했어?"

"응. 나, 승연 이모하고 이야기하는 거 좋았어. 다른 사람들하곤 다르게 날 나로 봐 줬거든. 딸이 어릴 적에 좋아하던 거라면서 『어린 왕자』 이야기도 해 줬어. 나 거기서 여우를 제일 좋아하는데, 네가 여우 수인으로 왔잖아. 인연이다 싶어서 너무 신났어. 신났는데……. 너랑 있으면 다른 사람하고 대화할 때는 생기지 않았던 증상이 마구 생기더라. 가슴이 답답하고, 가끔 네 머리를 막 쥐어박고 싶고……. 그게 질투였던 것 같아. 재는 승연 이모와 매일 같이 지내는데 왜 이모한테 속마음도 이야기 안 하고 저럴까, 하고."

리틀 캐리는 그때부터 자기에게도 엄마가 있을까, 궁금해졌다고 했다. 그래서 흘려듣던 사람들의 이야기에 귀를 기울였다. 하마이란 이름은 필터링에 걸려 검색이 되지 않았지만, 사람들이 하마이를 부르는 애칭까지지는 필터링되지 못했다. 리틀 캐리는 그 애칭으로 검색해 하마이와 정진에 대해 알게 되었다. 자신의 언니인 줄 알았던 캐리가 소설 속 인물이라는 것까지도.

"너 그럼 리얼 월드가……."

"오늘 데뷔 파티가 끝나고 정식으로 리얼 월드에 투입되면 알아서는 안 될 부분을 잊어버리게 될 거야. 레드 선, 하는 것처럼. 그러니까 그 전에 한번은 하마이를 보고 싶어."

버스가 멈추고 나는 버스에서 내렸다. 레드뱅크 전문학교 교문이 정면으로 보이는 가로수 아래 섰다. 손바닥 위에 펜던트를 올려놓고 기다리고 있자 교문 밖으로 사람들이 걸어 나왔다. 바짝 신경을 곤두세우고 사람들의 얼굴을 살펴보는데 남자 한 명이 내 옆을 스쳐 지나갔다. 낯익은 얼굴, 정진이었다. 기사에서 사진을 본 덕에 한눈에 알아볼 수 있었다. 정진은 교문 쪽으로 걸어가 한 여자 앞에 섰다.

"하마이다."

하마이와 정진이 나란히 걸어 내려와 내 앞을 지나갔다. 두 사람의 대화가 들려왔다.

"드디어 리틀 캐리를 보게 되겠네. 너, 리틀 캐리 프로젝트 시작됐을 때 참가하게 해 달라고 엄청 난리 쳤던 거 기억나?"

"당연히 기억하지. 지금도 분해. 리틀 캐리는 내 자식이나 다름없는 존재야. 기획서 낸 것도 나고. 프로젝트가 딱 1년만 늦춰졌으면 나도 참여할 수 있었다고."

두 사람은 버스 정류장 쪽으로 멀어져 갔다. 나는 리틀 캐리에게 작은 목소리로 물었다.

"어떻게 할래? 하마이에게 말 걸어 볼까?"

"아니, 됐어."

리틀 캐리는 펜던트 위에서 몸을 돌려 점점 멀어지는 하마이의 뒷모습을 바라봤다.

"이걸로 난 미련 없이 내 세계에 집중할 수 있게 됐어."

리틀 캐리의 홀로그램이 지지직 흔들렸다. 연결이 끊어지려 하고 있었다.

"네 세계?"

"그래. 나는 내 세계에서 최선을 다할 거야. 데뷔 파티에서 내 선전포고 기대해. 내 팬들은 썩 좋아하지 않을지 몰라도, 하고 싶은 말은 해야지."

"하고 싶은 말……."

"라임아, 나 말이야. 숲에 있는 동안 제대로 대화해 본 사람은 승연 이모랑 너뿐인 것 같아. 그러니까 지금의 내가 된 건 너를 만났기 때문이라고 믿고 있어."

리틀 캐리가 가까이 오라는 듯 손짓하더니, 귓속말하는 시늉을 했다. 나는 펜던트를 내 귀 가까이에 가져다 댔다. 리틀 캐리가 속삭였다.

"나는 내 이야기 속에서 주인공이 될게."

그러니까 너도……. 그 말을 채 못 하고 리틀 캐리의 홀로그램은 완전히 사라졌다. 나는 손바닥 위에 놓인 펜던트를 멍하니 바라보았다. 갑자기 혼자가 되었다. 나는 펜던트를 주머니에 넣고 터덜터덜 버스 정류장으로 걸어갔다. 버스를 기다리며 서 있는데, 정류장에 서 있던 사람들이 웅성거렸다. 사람들의 시선이 정류장에 설치된 전광판으로 쏠렸다. 나도 사람들을 따라 무심코 고개를 들어 전광판을 봤다. 리틀 캐리의 데뷔 파티가 송출되고 있었다.

"저거지? 캐리 프로젝트 후속."

"미성년 버추얼 휴먼이 게임에 본격적으로 투입되는 거 처음이지?"

사람들의 웅성거림 때문에 버스 정류장의 전광판에서 흘러나오는 소리가 잘 들리지 않았다. 그래도 나는 화면에서 눈을 뗄 수 없었다.

영화에서나 나올 법한 중세풍의 마차가 눈에 익은 숲길을 달리고 있었다. 마차는 리틀 캐리의 집 앞에 멈춰 섰다. 리틀 캐리가 집에서 나와 마차에 올라탔다. 마차가 숲길을 벗어나면서, 숲길은 점점 도로가 되어 갔다. 마차가 검은 승용차로 변하는 순간, 주변 풍경이 리얼 월드 광장으로 변했다. 리틀 캐리가 차에서 내리자 광장에 모여 있던 유저들의 아바타가 환호성을 울렸다. 리틀 캐리는 광장 한가운데에 섰다. 진행자로 보이는 버추얼 휴먼이 리틀 캐리에게 물었다. 앞으로 어떤 액터가 될 거냐고. 버스 정류장에 서서 데뷔 파티를 보고 있던 사람들이 숨을 죽였다.

"어떤 상황이라도 해결하고야 만다. 이런 마음가짐을 가진 액터가 되겠습니다."

전광판의 음량은 턱없이 작았지만 리틀 캐리의 목소리는 무척이나 또렷하게 들렸다. 전광판의 시계는 다섯 시 이십 분을 가리키고 있었다. 위원회의 시작 시간은 여섯 시. 여기서 집까지 버스를 타고 돌아가서 학교까지 뛰어가면 아슬아슬하게 시간에 맞춰 도착할 수 있을 것 같았다.

집으로 가는 버스에 올라타 창밖 풍경을 바라보는 내내 리틀 캐리가 내게 마지막으로 했던 말이 귓가에 되살아났다. 나는 내 이야기 속에서 주인공이 될게.

'내 말을 믿어 주는 사람은 아무도 없을지도 몰라.'

위원회에 가도 여전히 나는 엑스트라일지도 모르지만, 다른 사람이 구해 주기를 기다리는 주인공보다는 엑스트라여도 내가 나를 구하고 싶었다. 그렇다면 엑스트라도 더 이상 엑스트라가 아니지 않을까. 나는 주머니 속의 펜던트를 움켜쥐었다. 버스가 정류장에 멈췄다. 나는 버스에서 내리자마자 달렸다. 학교를 향해 있는 힘껏 달렸다.

나는 내 이야기 속에서 주인공이 될게. 그러니까 너도 네 이야기를 시작해. 리틀 캐리의 목소리가 내 등을 떠밀었다. 이제 내 이야기가 시작될 때였다.

작가의 말

국내 최초의 사이버 가수는 아담이었습니다. 1998년에 등장해서 잠깐 관심을 받다가 사라졌지요. 그리고 이십여 년이 지난 지금, 버추얼 휴먼은 곳곳에서 활약하고 있습니다. 버추얼 아이돌의 앨범이 20만 장이 넘게 팔리는가 하면, 인플루언서가 되어 명품 패션 브랜드의 모델로 활동하기도 합니다. 아담이 봤다면 "조금 더 늦게 태어날걸!" 하며 한탄할지도 모르겠습니다.

몇몇 사람들은 아담과 현재 버추얼 휴먼의 가장 큰 차이를 '기술력'이라고 말합니다. 아담이 사람들의 기억에서 지워진 건 기술이 부족해서 얼굴이나 동작의 구현이 부자연스러웠기 때문이라고 말입니다. 하지만 과연 그럴까요?

일본에는 '하츠네 미쿠'라는 캐릭터가 있습니다. 음성

합성 소프트웨어인 보컬로이드(VOCALOID)를 대표하는 캐릭터로 디자인 되었습니다. 보컬로이드 이전에도 음성 소프트웨어는 존재했습니다. 하지만 보컬로이드는 이전의 프로그램과는 다른 행보를 걷게 됩니다. 프로그램을 사용하는 사람들이 미쿠의 설정이 '버추얼 가수' 라는 점에 주목, 노래를 만들어 올리면서 이 캐릭터를 적극적으로 활용하기 시작한 것입니다. 수많은 서사가 자연스럽게 미쿠의 것이 되었습니다. 사람들은 노래와 만화 등의 창작물을 통해 서로 교류하며 미쿠의 성격, 취미, 취향 등을 정립해 나갑니다. 그 결과 미쿠는 십여 년 넘게 사랑받는 캐릭터로 자리 잡게 되었습니다.

사람들은 과연 완벽하다는 이유로 버추얼 휴먼을 사랑하는 걸까요? 사람은 대상에게 감정을 이입하고, 자신의 서사를 반영한 스토리를 만들어 냅니다. 버추얼 아이돌이 인기가 있는 것은 그들이 완벽해서가 아니라, 오히려 '개인의 서사'라는 부분이 완벽하지 않기 때문일 겁니다. 완벽하지 않은 서사를 사람들이 서로 소통하며 채워 나감으로써 버추얼 아이돌에게 애정을 갖게 되는 것입니다.

현실과 가상의 경계가 희미해진 세계일수록 진실한 마음으로 누군가를 만나고 소통한 경험은 진짜가 되어 빛날 것입니다. 비행사가 어린 왕자를 만난 것이 진짜 경험인지, 아니면 사막의 신기루인지 알 수 없으나 그 만남이 반짝반짝 빛나는 것을 부정할 수 없듯이 말입니다.

함께 노력해 주신 편집자님 그리고 이 책을 읽어 주신 독자 분들에게 감사의 마음을 전합니다. 이 글이 누군가의 반짝이는 만남이 되기를 바라 봅니다.

범유진

우리의 버전으로 만나

초판 1쇄 인쇄일 2023년 11월 7일
초판 1쇄 발행일 2023년 12월 6일

지은이 범유진
펴낸이 강병철
편집 최웅기 박진혜 이태은
디자인 연태경
마케팅 이인영 연병선 한정우 윤선애 최문실 최혜린
제작 홍동근

펴낸곳 이지북
출판등록 1997년 11월 15일 제105-09-06199호
주소 (04047) 서울시 마포구 양화로6길 49
전화 편집부 (02)324-2347, 경영지원부 (02)325-6047
팩스 편집부 (02)324-2348, 경영지원부 (02)2648-1311
이메일 ezbook@jamobook.com

ISBN 978-89-5707-659-0 (43810)